한길헤르메스 여행·예술·인생을 위하여

ANDRÉ GIDE, *VOYAGE AU CONGO: CARNETS DE ROUTE*, GALLIMARD, 1927.

앙드레 지드의
콩고여행

김중현 옮김

한길사

앙드레 지드의
콩고여행

지은이 · 앙드레 지드
옮긴이 · 김중현
펴낸이 · 김언호

펴낸곳 · (주)도서출판 한길사

등록 · 1976년 12월 24일 제74호
주소 · 413-832 경기도 파주시 교하읍 문발리 520-11
　　　www.hangilsa.co.kr
　　　E-mail: hangilsa@hangilsa.co.kr
전화 · 031-955-2000~3　팩스 · 031-955-2005

상무이사 · 박관순 | 영업이사 · 곽명호 | 편집주간 · 강옥순
편집 · 박희진 강진홍 최원준 | 전산 · 한향림
마케팅 및 제작 · 이경호 | 관리 · 이중환 문주상 장비연 박경미

출력 · 지에스테크 | 인쇄 · 만리문화사 | 제본 · 경일제책

제1판 제1쇄 2006년 2월 28일

값 15,000원
ISBN 89-356-5560-0　03860

「이 도서의 국립중앙도서관 출판시도서목록(CIP)은
e-CIP 홈페이지(http://www.nl.go.kr/cip.php)에서 이용하실 수 있습니다.
(CIP제어번호: CIP2006000343)」

콩고 여행을 통해 프랑스 식민정책의 부조리를 고발한 앙드레 지드

"당신은 뭐하러 그곳에 가는 거요? 그저 알기 위해서지요.
나는 쿠르티우스가 깊은 심연 속으로 뛰어든 것처럼 이 여행에 뛰어들었다.
비록 몇 개월 전부터 이 여행에 대한 강한 열망이 내 마음속에 자리 잡고 있기는
했지만, 내가 원했다기보다는 오히려 거역할 수 없는 어떤 운명에 의한 불가피한
것이 아닌가 생각된다. 내 인생의 모든 주요 사건들이 그랬던 것처럼 말이다."

콩고 여행 중 인력거 위의 지드

"우리는 호리호리하지만 탄탄한 어느 흑인 청년의 인력거에 올랐다.
 구름이 낮게 드리운 하늘. 평온하고 아늑한 대기.
 그곳은 모든 것이 행복과 관능과 망각을 약속하고 있는 듯했다."

바이야족 마을의 환영식

"도쿤디아에 도착할 무렵에는 아녀자들의 환영을 받았다.
몹시 날카롭게 외치는 목소리와 가락, 그리고 열광적으로 흔들어대는 몸.
늙은 여자일수록 더 열렬히 몸을 흔들어댔다.
여인들은 모두 손에 종려나무 가지나 또다른 큰 나뭇가지들을 들고 있었는데,
그들은 그것으로 부채질을 해주는가 하면 우리가 밟고 지나갈 길을
쓸어주기도 했다. 대단한 '예루살렘 입성' 이었다."

맹그로브 화관花冠을 으깨 즙을 짜내고 있는 바이아족 여인들

"절굿대 부리는 아주 납작해서 찧으면 찌부러진 과육이 분리되며,
단단한 씨껍질은 옆으로 밀려난다. 그 과정에서 곧 사프란 색 과육밥이
만들어지고, 그것을 손에 넣어 짜면 기름이 나온다. 그 일을 하는
여인들은 둥근 빵 하나를 얻어 먹는 것으로 삯을 대신한다고 했다."

지드 일행의 짐을 운반하는 짐꾼들

"자주 모래밭에 빠지곤 했는데, 그럴 때면 가슴까지 닿는 물 속으로
　모두 내려가 자동차를 밀듯 배를 밀곤 했다. 빠진 곳에서 헤쳐나오기 위해
　때로는 한 시간도 더 걸리곤 했다. 하지만 그토록 광대하고 완만한
　강의 풍경 속에서 서두르고 싶은 생각은 없었다."

가장假裝한 의상 차림으로 춤을 추는 아바 사람들

"짐꾼들이 북춤을 추었다. 무용수 한 명이 솔로로 아주 양식화된 춤을 추었는데,
이어 보여준 암탉과 발정난 암말, 그리고 알 수 없는 어떤 동물의 흉내에
관객들(특히, 몰려드는 아이들)은 열광했다."

아바 마을의 오두막집과 말라 지방의 첨두형 가옥

"갈대발로 만든 장방형의 울타리들 안에 그룹을 지어 있는 오두막집들.
사라족들은 그 안에서 가족끼리 살고 있다. 울타리는 중키의 사람이
들여다볼 수 있을 만큼 나지막하다. 이국적인 아름다움의 진수. 짚 모자이크로
가두리를 붙인 격자 지붕의 아름다운 오두막집들. 마치 곤충들의 집 같기도 하다."

바이야족 가족들과 사라족 소녀들
"박 종류 같은 넓은 잎의 물결치는 덩굴식물들은 시간이 흐름에 따라 느림과 나태,
  그리고 관능적인 마비의 감정을 더해준다. 무엇이라 말할 수 없는 평화와 망각,
  행복한 분위기. 사람들은 모두 웃는 얼굴이다. 불구자와 환자들까지도."

차드 지방의 사리족 남자와 영양

"어제는 네 시간 동안 정박했는데(나무를 해야 할 필요가 있었기 때문이다),
그 사이 우리는 덤불숲으로 사냥을 떠났다. 수많은 뿔닭들.
일곱 마리를 잡고, 상처입은 세 마리는 놓쳤다. 나무가 거의 없는 덤불숲.
아카시아 속 미모사가 반쯤은 덮고 있는, 나무 한 그루 없는 황량한 공간,
그리고 큰 영양 떼."

파피루스 발로 만든 뗏목을 타고 차드 호수를 건너는 원주민

"카누를 만들 만한 나무가 없기에, 이곳 주민들은 두꺼운 파피루스 발로
일종의 길쭉한 뗏목을 만든다. 뱃전은 곤돌라처럼 부리 모양으로 굽어 있다.
그보다 더 괴상한 모양을 상상할 수 있을까? 긴 장대로 물 밑바닥을 밀어서
나아가는데, 자주 호수 밖 아주 먼 곳까지도 그것을 이용하여 이동하곤 한다."

지드의 여행 동료 마르가 찍은 다큐멘터리 영화에 참여한 야쿠아 마을 원주민
"그들 가운데 최고령자는 오랫동안 내 손을 꼭 쥐었다.
눈에는 눈물이 흘러내렸으며 입술은 떨렸다. 형언할 수 없는 감동이 내 마음을
뒤흔들었다. 내가 얼마나 감동하고 있는지 알았기에 나를 바라보는 그의 시선 또한
감사와 애정으로 가득 차 있었다. 안아주고만 싶은 그 불쌍한 존재에게서
볼 수 있는 어떤 우울함과 고상함이란! 우리는 떠났다."

앙드레 지드의 여행 경로

조지프 콘래드를 추모하며

"안전한 정착보다 불안전한 이동이 더 낫다."

· 키츠

앙드레 지드, 나는 고발한다

• 옮긴이의 글

아프리카를 10여 번이나 여행했던 것을 보면, 지드는 꽤 아프리카를 좋아했던 것 같다. 1893년 10월, 1차 아프리카 여행을 떠난 그는 작열하는 태양과 때묻지 않은 자연을 만끽하고 돌아왔다. 프랑스 남부 위제스 출신의 법학 교수 아버지와 북부 루앙 출신 어머니 사이에서 태어나 프로테스탄트 가정의 엄한 규율 속에서 자란 지드에게, 아프리카 여행은 그야말로 온갖 얽매임과 구속으로부터의 해방감을 맛보게 해주었다.

1895년에는 어릴 적부터 사랑해 온 외사촌 누이 마들렌 롱도와 마침내 결혼하여 아프리카로 신혼여행을 다녀왔다. 1923년에는 다시 리오테 제독의 초청을 받아 모로코를 여행했다.

얽매임으로부터 탈출하고 싶은 욕망은 끊이지 않아, 1925년 7월에는 다시 자신의 책과 재산을 팔아 조카 마르 알레그레와 함께 콩고로 떠난다. 콩고 여행은 이듬해 6월 초까지 계속되었는데, 그 여행에 대해 기록해 놓은 내용의 일부가 바로 이 『콩고 여행』(1927)이다(나머지 일부는 차드에서 돌아올 때의 여행기록으로, 1928년에 출판된 『차드 여행』에 수록되어 있다).

콩고행 아시아호 선상에서 잠시 사념에 젖는 그에게, 그 여행은 그의 인생에서 일어난 다른 중요한 사건들처럼 운명적인 것이었다.

비록 몇 개월 전부터 이 여행에 대한 강한 열망이 내 마음속에 자리 잡고 있기는 했지만, 내가 원했다기보다는 오히려 거역할 수 없는 어떤 운명에 의한 불가피한 것이 아닌가 생각된다. 내 인생의 모든 주요 사건들이 그랬던 것처럼 말이다. 그리하여 나는 이 여행이 '나이 들어 실천에 옮겨진 젊은 시절의 한 계획'에 불과한 것이라는 생각은 별로 들지 않는다. 이 여행을 결심했던 것은 내 나이 스물일 때였으니, 벌써 36년 전의 일이다.

콩고로 향하게 만든 그 '불가피한 운명'이란 어떤 것일까? 그것은 36년 전 엘리 알레그레로부터 받은 영향을 말한다. 지드의 어머니는 아들의 신앙생활 지도를 위해 당시 목사였던 엘리 알레그레를 가정교사처럼 붙여준다. 지드보다 다섯 살이 많았던 그는 하지만 곧 아프리카로 선교활동을 떠난다. 그리하여 그는 1889년 콩고로 향하게 된다. 당시 콩고에 있던 바로 그 엘리와의 편지

것 같다. 나는 이제 그것이 아무리 끔찍한 것일지언정, 숨겨진 것을 알아내기 위해 무대 뒤편으로 파고들리라. 내가 의심하고 내가 보고 싶은 것은, 바로 그 '끔찍한 것'이기 때문이다.

그리하여 지드는 식민지에서 본 그 '끔찍한 것'들을 폭로하고 고발한다. 당시까지만 해도 누구 하나 선뜻 언급하기를 꺼리던 식민지의 끔찍한 실상에 대한 폭로와 고발은 프랑스 사회에 센세이션을 불러일으켰다. 그리하여 의회는 1928년 '대회사 조사 위원회'를 발족했으며, 식민지 장관은 또 식민지 장관대로 응분의 조치를 취할 것을 약속했다. 지금까지 순전히 나르시시즘적인 삶을 살아 온 지드는 그 여행이 계기가 되어, 서로의 신뢰를 바탕으로 하는 정의로운 사회를 전도하는 '사회 전도사적인 마음'을 갖게 된다. 그 마음은 1932년 국제평화회의 참석으로 이어졌으며, 1935년에는 코뮤니즘으로 기울어 모스크바를 여행했다. 하지만 스탈린의 형식주의와 탄압 정치에 크게 실망한 그는, 여행에서 돌아온 뒤 1936년 『소련에서 돌아와』를 출판하여 소련의 체제와 운영자들을 강도 높게 비판한다.

이처럼 『콩고 여행』은 지드의 삶과 문학에서 아주 중요한 사건이며 작품이다.

이 책을 번역하는 동안, 역자는 불의를 박차고 일어나는 작가의 용기, 약자에 대한 배려와 사랑, 자신 및 타인에 대한 절제와 단호함, 오염되지 않은 자연에 대한 호기심과 섬세한 관찰, 그리고 예술과 문화에 대한 감식안 등 저자가 보여주는 훈훈한 인간미와 여러 가치 있는 덕목들을 접하며 은은한 감동을 받았다.

그리고 의회로 하여금 '대회사 조사 위원회'를 발족케 한 지드의 '힘'에 대해서도 많은 생각을 하게 되었다. 그 힘은 물론 '말의 힘'일 것이다.

마지막으로, 요즈음은 이미지가 넘쳐나는 세상이어서 마음만 먹으면 아프리카에 대한 그림들을 쉽게 접할 수 있다. 하지만 글을 통한 접촉은 이미지를 통한 접촉이 결코 주지 못하는 어떤 특별한 효과를 주는 것 또한 사실이다. 아마도 상상력이 주는 효과일 텐데, 잔잔한 떨림과 함께 느껴지는 감미로운 행복감 또한 그 효과 중의 하나일 것이다. 지도를 보며 앙드레 지드의 여정을 따라가면서 읽어보라. 야성이 살아 숨쉬는 아프리카의 '냄새'를 더욱 진하게 맡을 수 있으리라.

2006년 1월
김중현

앙드레 지드의
콩고여행

■ 일러두기

1) 본문에서 원주는 1) 2) 3)…으로, 옮긴이 주는 * ** *** …으로 표기하였다.

2) 역자는 이 책을 번역하면서 부분적으로 약간씩 생략하기도 했다. 하지만 전
체적인 맥락과 저자의 여행목적 및 정신과는 관계없는 부분들이다.

3) 이 책은 원서의 부제가 잘 말해주듯 '여행 비망수첩'이다. 그처럼 여행수첩에
메모하듯 적은 글이기에, 그 맛을 잃지 않게 번역하는 것을 목표로 삼았다.

1 기항지와 브라자빌

"마침내 콩고 강으로 접어들었다.
아! 인생이 수명을 단축시키고 있다는 사실을 모를 수만 있다면
내 가슴이 스무 살 때 못지않게 두근두근 뛰련만."

1925년 7월 21일, 항해 3일째

무어라 말할 수 없는 나른함. 형체도 내용도 없는 시간들.

이틀 동안 날씨가 좋지 않더니, 오늘은 맑다. 잔잔한 바다. 바람은 포근하다. 배 주위를 선회하고 있는 제비갈매기들.

아이를 조금씩 흔들어 재우거나 달래는 광경도 조만간 보지 못할 것이다. 하지만 나는 오히려 아이를 재우거나 달래기 위해서는 흔들어댈 필요가 있다고 생각한다. 어머니의 규율*에 의해 합리적인 방법으로 키워진 나는, 고정된 침대밖에 경험하지 못해서 뱃멀미에 특히 약하다.

하지만 지금은 잘 버티고 있다. 현기증을 가라앉히려고 애쓰고 있는데, 다른 승객들 못지않게 뱃멀미를 잘 견뎌내고 있다. 별 탈 없이 마쳤던 이전의 여섯 번에 걸친 항해(모로코, 코르시카, 튀니지)**를 생각해보면 적잖이 안심이 된다.

....

*엄격한 신교 가정에서 태어난 앙드레 지드는 열한 살 때 아버지를 잃었다. 이후, 편모의 조심스런 통제 아래 자랐다.

**1893년 튀니지 여행, 1895년 아프리카로의 신혼여행, 1923년 이탈리아와 모로코 여행 등을 가리킨다.

승객들은 주로 관리와 상인이어서, 우리*만 '심심풀이로' 여행을 하고 있는 것 같다.

"당신은 뭐하러 그곳에 가는 거요?"

"그저 알기 위해서지요."

나는 쿠르티우스**가 깊은 심연 속으로 뛰어든 것처럼 이 여행에 뛰어들었다. 비록 몇 개월 전부터 이 여행에 대한 강한 열망이 내 마음속에 자리 잡고 있기는 했지만, 내가 원했다기보다는 오히려 거역할 수 없는 어떤 운명에 의한 불가피한 것이 아닌가 생각된다. 내 인생의 모든 주요 사건들이 그랬던 것처럼 말이다. 그리하여 나는 이 여행이 '나이 들어 실천에 옮겨진 젊은 시절의 한 계획'에 불과한 것이라는 생각은 별로 들지 않는다. 이 여행을 결심했던 것은 내 나이 스물일 때였으니, 벌써 36년 전의 일이다.

라 퐁텐의 『우화』를 처음부터 다시 읽고 있는데, 더없이 즐겁다. 그가 '보여주고 있다고 말해지는' 미점(美點)들을 나는 그다

---

*지드는 그의 가정교사였던 엘리 알레그레의 아들 마르 알레그레와 함께 여행을 하고 있다. 영화감독인 그는 1918년에도 지드와 함께 케임브리지를 다녀온 적이 있는데, 아프리카 원주민에 관한 좋은 영화를 찍기 위해 이 여행에 동행했다. 영화 「부인들의 호수」가 있으며, 1950년에는 「앙드레 지드와 함께」라는 영화를 촬영하기도 했다.

**Marcus Curtius, 기원전 4세기경 로마의 기사. 전설에 다르면 기원전 362년 로마의 공공광장에 깊은 틈이 패었는데, 로마에서 가장 귀한 것을 집어넣어야 구멍이 메워진다는 예언자들의 말에 쿠르티우스가 시민의 목숨보다 더 귀한 것은 없다고 부르짖으며 자신의 몸을 투신했다.

지 잘 '보지' 못한다. '잘 볼 줄 아는 사람'은 거기에서 그 모든 미점을 발견할 수 있으리라. 그러자면 정말 노련한 '눈'이 필요하다. 그에 비하면 촉각은 흔히 서툴고 경박하다. 현명한 몽테뉴나 예민한 감수성의 모차르트처럼 '잘 볼 줄 아는 사람'은 인류문화에 기적적인 존재다.

새벽, 갑판을 청소하던 더러운 물이 내 선실로 흘러들어왔다. 가죽 장정의 앙증맞고 예쁜 괴테 모음집이 그만 민망할 정도로 젖어버렸다. 케슬러 백작*이 준 『친화력』**을 읽고 있었는데······.

....
*Harry Graf Kessler, 1868~1937. 독일 출신의 평화주의자이자 문예보호자.
**괴테가 60세 때 사랑한 헤르츨리프(작품에서는 오틸리에)를 모델로 쓴 소설로 1809년에 출간되었다.

7월 25일

하늘은 여전히 잔뜩 찌푸려 있다. 그런데 이상하게도 평온하다. 쉬지 않고 남쪽으로 계속되는 느린 항해. 저녁 무렵에는 다카르에 도착할 것 같다.

어제는 날치가 몇 마리 보이더니, 오늘은 돌고래 떼. 선교에서 바라보던 선장이 방아쇠를 당겼다. 그러자 하얗게 배를 드러낸 몇 마리의 돌고래가 피를 철철 쏟았다.

마침내 아프리카 해안이 시야에 들어온다. 아침에 배 난간에 앉아 있던 제비갈매기 한 마리. 귀여운 물갈퀴 발과 묘한 모습의 부리가 하도 감탄스러워 손으로 한번 잡아보았는데도 버둥대지 않았다. 내 손바닥에 한동안 앉아 있더니, 이윽고 배 뒤편으로 날아가 버렸다.

7월 26일

다카르의 밤. 곧게 뻗은 텅 빈 거리들. 깊은 잠에 빠진 우중충한 도시. 이보다 더 이국적이고, 추한 모습은 상상하지 못하리라. 호텔들 앞쪽으로는 그나마 활기가 좀 넘친다. 강렬한 조명의 커피숍 테라스들. 저속하게 들려오는 웃음소리들. 긴 중앙로를 따라 좀 걷자 프랑스령의 이 도시는 곧 끝이 났다. 흑인들 사이에 있다는 즐거움. 옆으로 빠진 어느 좁은 골목길. 조그만 야외극장. 우리는 그 극장 안으로 들어갔다. 영사막 뒤의 거대한 나무 밑에는 아이들 두세 명이 잠에 빠져 있었다. 그 나무는 아마도 케이폭나무였을 것이다. 우리는 이등석 맨 앞자리에 앉았다. 내 뒤에서 영화를 보던 키 큰 흑인 한 명이 큰 소리로 자막의 글씨를 시끄럽게 읽어댔다. 우리는 다시 나와 오래도록 시내를 어슬렁거렸다. 순식간에 피로가 엄습해왔다. 자고 싶은 생각밖에 들지 않았다. 하지만 우리가 방을 예약해 놓은 메트로폴 호텔은 아직도 밤의 환락으로 시끌벅적거렸다. 그것도 우리의 방 창문 바로 아래서. 오랫동안 잠을 이루지 못했다.

　새벽 여섯 시. 카메라를 가지러 아시아호로 갔다. 마차 한 대를 불러 타고 우리는 시장으로 향했다. 감청색 상처들에 도포제가 발라진 말들. 피가 묻고 홀쭉한 옆구리는 뼈만 앙상했다. 차라리 자동차를 한 대 빌리는 것이 나을 것 같아 그 초라한 마차에서 내렸다. 다시 빌린 차를 타고 시외로 6킬로미터 정도를 달렸다. 도로변의 황무지들. 그곳들에 앉아 떠날 생각을 않는 독수리 떼. 지붕 위에 앉아 있는 어떤 것들은 털이 빠져 있었는데, 엄청나게 큰 비둘기 같기도 했다.

묘목 시험장. 이름 모를 수목들. 꽃이 핀 하이비스커스 덤불들. 열대수림을 미리 좀 맛보기 위해 좁은 오솔길로 숨어 들어간다. 산호랑나비를 닮은 몇 마리의 예쁜 나비. 날개 쪽으로 진주모빛 반점이 하나 크게 보인다. 이름 모를 새들의 노랫소리. 우거진 나뭇잎 사이를 여기저기 올려다보지만 그것들을 찾지 못했다. 아주 가늘고 긴 매끈한 검은 뱀 한 마리가 덤불 속으로 미끄러지듯 달아난다.

해변의 모래톱 안쪽에 있다는 원주민 마을을 가보고 싶었지만, 건널 수 없는 큰 석호(潟湖) 때문에 결국 포기하고 말았다.

7월 27일

끊임없이 비가 온다. 파도는 꽤 높게 넘실거리고 뱃멀미 환자들도 늘어났다. 나이 든 식민지 거류민들의 투덜대는 소리.

"정말 지독하군. 이보다 더한 날이 있을까."

나는 꽤 잘 견뎌내고 있는 중이다. 덥고 습한 축축한 날씨. 비바람까지 몰아친다. 하지만 파리의 날씨는 이보다 더 지독했던 것 같다. 파리에서보다 땀을 덜 흘린다는 사실 하나만으로도 놀라운 일이 아닐 수 없다.

7월 29일

코나크리 앞바다에 정박. 일곱 시에 하선하기로 되어 있었는데, 해가 뜰 무렵 짙은 안개로 인해 표류했다. 어림짐작으로 나아가며, 배는 수심을 계속 측정했다. 수심은 낮았다. 산호초와 모래톱 사이도 아주 좁았다. 비가 억수같이 쏟아지고 있었기 때문에 우리는 이미 하선을 포기하고 있었는데, 뜻밖에도 선장이 그의 모터보트를 우리에게 내주었다.

선창까지 꽤 시간이 걸렸는데, 그 사이 안개가 걷히고 비가 멎었다.

육지로 태워다 준 여객선 사무장은 우리에게 딱 30분의 시간을 허락했는데, 늦을 경우 기다리지 않고 돌아갈 것이라고 주의를 주었다. 우리는 '호리호리하지만 탄탄한' 어느 흑인 청년의 인력거에 올랐다. 아름다운 수목들. 상의를 입지 않은 나른한 눈빛의 웃음 띤 아이들. 구름이 낮게 드리운 하늘. 평온하고 아늑한 대기. 그곳은 모든 것이 행복과 관능과 망각을 약속하고 있는 듯했다.

7월 31일

타부. 증기선의 연통 같은 낮은 등대의 모습. 녹음 속에 묻혀 있는 몇 안 되는 지붕들. 우리의 배는 해안으로부터 2킬로미터 지점에 정박하고 있다. 육지로 내려가기에는 시간적 여유가 너무 없다. 꽤 커다란 배 두 척이 원주민을 가득 태우고 다가온다. 아시아호는 그들 가운데 칠십 명을 선발해 선원을 보충했다. 그들은 회항할 때 다시 돌아올 것이다. 대부분 놀라운 몸을 가진 남자들이지만, 옷을 입은 모습밖에 볼 수 없다.

   아주 작은 카누 한 척. 선체에 무릎을 꿇고 밀려드는 바닷물을 홀로 외롭게 퍼내고 있는 흑인의 모습.

8월 1일

그랑바상. 넓은 도로는 중앙부만 시멘트로 포장되어 있다. 길가로 띄엄띄엄 늘어서 있는 나지막한 집들. 발밑으로 지나가는 숱한 회색빛 큰 도마뱀들. 그것들은 길 옆 나무 밑동들로 숨어들곤 했는데, 마치 구석차지하기 놀이라도 하는 듯 했다. 탄성을 자아내는 넓은 잎의 이름 모를 다양한 종의 수목들. 땅딸막한 품종의 작은 염소들. 테리어보다 좀 클까말까한 숫염소 몇 마리. 새끼처럼 보이지만 이미 뿔이 나 있는 그놈들은 높은 보랏빛 가시나무를 이따금 한 번씩 강하게 들이받는다.

바다에서 석호로 이어지는 길들. 저 넓은 석호는 일본식 다리로 연결되어 있다. 반대편 해안의 무성한 초목이 우리를 유혹하지만 가볼 만한 시간이 없다. 길은 모래 언덕 밑으로 자취를 감춘다. 한 무리의 야자나무들. 저 뒤쪽으로는 바다이리라. 보이지는 않지만 큰 배 한 척의 돛이 그곳이 바다임을 말해준다.

8월 2일, 로메

잠에서 깨어났을 때, 하늘은 비를 쏟아 붓고 있었는데…… 이런, 태양이 다시 나타나고 있다. 우중충한 진회색빛 하늘이 젖빛 안개처럼 연해진다. 어떤 것도 이처럼 멋진 은빛 아늑함을 연출하지는 못하리라. 화려한 오케스트라의 피아니시모에 비유되는, 안개 덮인 하늘의 저 엄청난 태양광선.

8월 2일, 코토누

은색 줄무늬가 있는 1미터 길이의 뱀과 도마뱀의 결투. 아주 가늘고 민첩한 그 뱀은 싸움에 너무 몰두해 있어서 우리가 가까이 가서 구경해도 눈치 채지 못했다. 도마뱀은 한동안 싸우다가 마침내 도망쳐 버렸다. 하지만 잘린 꼬리는 오랫동안 제멋대로 파닥였다.

8월 6일, 리브르빌, 8월 7일, 포트겔탈

리브르빌. 특이한 나무들과 맛좋은 열매들을 자연으로부터 선물받은 매혹적인 곳임에도 불구하고, 이곳에서는 사람들이 굶어죽는다. 그들은 어떻게 배고픔을 극복해야 할지 모른다. 사람들의 말에 의하면 내륙 지방은 그 곤궁이 더욱 심하다고 한다.

아시아호의 기중기가 화물창 밑바닥으로부터 통조림이 든 성긴 망들을 들어올려 거룻배에 옮겨 싣는다. 원주민들은 그 통조림을 서로 차지하기 위해 와자지껄 분주히 움직인다. 눌리고 부딪히고 내팽개쳐져 성한 통조림통이 별로 보이지 않는다. 어떤 것들은 터진 콩깍지에서 비집고 나오는 콩알들처럼 내용물이 흘러 나오고 있다. 한 식료품 회사의 대리점을 운영하고 있는 F씨에게 통조림 하나를 보여주었다. 그는 '그 통조림 회사 제품이 맞다'고 확인해주었는데, 통이 이미 손상되어 보르도의 시중에서는 팔 수 없는 것들이라고 했다.

8월 8일

마음바. 사주(砂洲)를 통과하는 위험 속에서 보여주는 뱃사공들의 서정. 율동적인 노랫말과 반복되는 후렴.[1] 그들은 파도 속으로 말려들 때면 노출된 허벅지에 노손을 걸쳐 놓는다. 좀 우울하게 들리기도 하는 거친 노래. 근육의 경쾌한 움직임. 야성적인 열정.

　파도 위로 카누가 반쯤 치켜올려지며 세 번이나 용솟음친다. 다시 물 속으로 곤두박질칠 때 당신을 덮치는 바위 같은 파도. 하지만 태양과 바람은 이내 당신을 말려주리라.

　우리는 맨발로 숲을 향해 걸었다. 숲 속의 그늘진 오솔길이 야릇한 기분을 자아냈다. 갈대 오두막집 몇 채가 촘촘히 모여 있는 숲 속의 빈터. 행정관이 가마를 타고 우리에게 와 친절하게 두 대의 가마를 이용하도록 조처했다. 배로 돌아오고 있던 우리는 다시 숲으로 안내되었다. 내가 지금 스무 살이라면, 즐거움이 더 크

---

1) 나는 반복되는 그 특이한 후렴을 차드 지역의 노래들에서도 들을 수 있었다.

지 않았을까. 우리는 해변을 따라 돌아왔다. 백사장에는 '게'라
는 놈들이 떼지어 다리를 높이 들고 줄행랑을 치곤 했다. 마치 괴
물 같은 거미들처럼.

8월 9일, 아침 7시

푸앵트누아르.[2] 아직도 심토 속에 있는 듯한 유충 상태의 도시.

....

2) 건설 중인 '브라자빌-대서양 간 철도'의 대서양 연안의 종점. 콩고 강은, 마타디
에서부터 스탠리풀(브라자빌-킨샤사)까지는 항해를 할 수 없기에 프랑스 정부는
푸앵트누아르에서부터 브라자빌까지 철도를 건설 중이다. 벨기에 왕 레오폴은 티
스 대령을 시켜 이미 1900년에 벨기에령 콩고 지역의 마타디에서부터 킨샤사까지
철도를 건설케 했다. 하지만 조지프 콘래드는 1890년에 이 지역을 걸어서 여행했
는데, 그의 책 『어둠의 한가운데』(1902)에서 그 여행에 관해 언급하고 있다. 그의
묘사는 전혀 과장이 없으며 정확하다. 나는 그의 글을 자주 인용할 것이다.

8월 9일, 오후 5시

마침내 콩고 강으로 접어들었다. 선장의 모터보트로 바나나에 내렸다. 우리는 언제라도 육지에 하선할 준비가 되어 있었다. 어두워질 무렵 다시 배로 돌아왔다.

이런 일이 가져다주는 즐거움이란 어느 때고 변함이 없겠지만, 분명히 젊었을 때보다는 그 느낌이 덜한 것 같다. 마음속에 일으키는 울림이 덜하기 때문이리라. 아! 인생이 수명을 단축시키고 있다는 사실을 모를 수만 있다면 내 가슴이 스무 살 때 못지않게 두근두근 뛰련만.

밤. 강을 천천히 거슬러 올라간다. 왼쪽 강둑으로 멀리 반짝이는 몇 안 되는 불빛들. 지평선 부근 삼림지대에서 일어나는 산불. 발밑으로는 공포감을 야기하며 도도히 흐르는 깊은 강물.

8월 10일, 마타디[3], 저녁 6시

보마(벨기에령 콩고)에서 예기치 않은 일로 사령관에게 인사를 하러 가지 못했다. 정부의 임무*를 띠고 있음에도 불구하고 나는 아직 그 사실을 잊고 있었다. 그 역할을 다할 수 있도록 내 자신을 부풀리는 일은 여간 힘들지 않으리라.

12일 아침 여섯 시 출발. 저녁 여섯 시 반에 티스빌 도착.

아침 일곱 시 다시 출발, 완전히 밤이 되어 킨샤사에 도착.

다음 날(13일) 아침, 스탠리풀을 건너 아홉 시에 브라자빌에 도착.

....

3) "이 도시에 들르지 않을 수 없는 이유는 이곳이 항해의 종착지이며 철도의 출발지이기 때문이다. 바위산들을 뚫어 급히 건설된 이 철도는 그곳을 들르지 않을 수 없는 모든 프랑스인들에게—벨기에 철도회사 직원들의 친절함에도 불구하고—가장 고약한 인상으로 마음속에 새겨진다." A. 슈발리에, 『프랑스령 중앙아프리카』, 3쪽.

*지드의 요구에 의해 당시 식민지 장관으로부터 받은 공적인 임무를 말한다. 콩고 식민지에 대해 관찰한 뒤 저술에 의한 보고서 제출 및 조언의 임무를 부탁받았다. 지드는 물론 그 여행을 개인적인 호기심에서 하는 것이기에 그런 공적인 임무는 망각하고 있었다. 그러기에 그때까지는 그 임무에 대한 인식과 책임감을 별로 느끼지 못했다.

브라자빌

땀을 흘릴 만큼 덥지 않으니, 이상한 도시다.

이름 모를 곤충들을 뒤쫓으며 어린 시절의 즐거움을 다시 맛보았다. 곁날개에 금빛 줄무늬가 있었으며, 진하기도 하고 희미하기도 한 벌레 먹은 자국 같은 장식의 긴 더듬이를 가진 아름다운 하늘소 한 마리를 놓친 것이 못내 아쉽다. 머리 위에 넓고 집게 같은 턱을 가진 그것은 초록빛이었으며, 비단벌레만한 크기였다. 엄지와 집게손가락으로 전흉부를 잡고 꽤 먼 곳에서부터 조심스럽게 들고 왔는데, 청화물 병 속에 넣으려는 순간 손가락을 빠져나가 순식간에 날아가버린 것이다.

그것 외에, 검은 반점이 있는 흔한 유황색의 아름다운 산호랑나비 몇 마리와 산호랑나비를 닮았지만 그보다 크고 검은 줄무늬가 있는 흔히 볼 수 없는 노랑나비(그 종류는 다카르 묘목 시험장에서 보았었다) 한 마리도 잡았다.

아침에, 우리는 콩고 강과 디우에 강이 합류하는——브라자빌에서 약 6킬로미터 떨어진——곳을 다시 찾았다. (어제는 해가 질 무렵에 그곳에 갔었다) 작은 어촌. 검은색에 가까운 표석(漂石)들이 퇴적(왜 그런 것이 이곳에 퇴적되었는지 의아스럽다)되어 있는 기묘한 마른 강바닥. 빙하의 수련(睡蓮)을 닮았다 하리라. 그 둥근 바위들을 다리 삼아 건너뛰며 우리는 콩고 강가에 다다랐다. 강가를 끼고 올라가는 작은 오솔길. 큰 카누 한 척이 녹음이 드리워진 포구에 정박해 있다. 다양한 종류의 수많은 나비들. 하지만 손잡이가 없는 나비채인 까닭에 아름다운 나비들을 놓쳤다. 현저하게 맑은 지류(支流) 강둑의 빽빽이 수목이 들어찬 곳에 이르렀다. 둥그스름하게 손질된 괴상한 모습의 나무 밑동이 있는, 굉장히 큰 케이폭나무 한 그루. 그 밑동에서는 맑은 샘물이 솟아오르고 있었다. 그 옆 1미터가 넘는 가시나무 줄기에 보이는 자줏빛 도는 큰 무정형 버섯 하나. 그것을 떼어내 해체해 보았다. 암술 밑부분에는 구더기들이 우글거렸다. …… 원주민들이 놓은 불에 아직도 밑동이 타고 있는 나무 몇 그루.

나는 지금 알파사 대리 총독이 우리에게 배려해준 쾌적한 오두막집의 작은 정원에서 이 글을 쓰고 있다. 포근한 밤, 바람 한 점 없다. 계속되는 귀뚜라미들의 콘서트. 그 배경음이 되어주는 개구리들의 울음소리.

8월 23일

세 번째 접하는 콩고 강의 급류. 하지만 이번에는 더 느긋했다. 게다가 쇼멜 씨 부부가 우리를 안내해주기까지 했다. 몇 명의 동행자와 함께 카누로 디우에 강 지류를 따라 올라가던 우리는 잠시 강둑에 올랐다. 높은 파도와 격류는 한층 거세졌다. 낭만적이기보다는 오히려 웅장하다고 말할 수 있는 광경. 쾌청한 하늘은 청명함을 더욱 자랑했다. 때때로 깊은 구멍을 드러내는 소용돌이들. 튀어오르는 물거품 다발들. 강물의 흐름에는 전혀 일관성이 없었다. 왜 그렇게 조용히 흐르지 않는지 도무지 알 수가 없었다.

"글쎄, 저런 광경을 아직 아무도 묘사한 적이 없다지 뭡니까!"

동행한 사람들 가운데 한 명이 나에게 말했다. 나는 대꾸하지 않았다. 예술은 절제를 필요로 하기에 거창함을 꺼려한다. 한 번이면 될 묘사를 열 번이나 한다고 해서 더 감동적이지는 않다. 사람들은 콘래드*가 그의 『태풍』에서 정작 아주 강력한 그 폭풍에 대한 묘사를 슬쩍 빼먹어버렸다고 비난한다. 하지만 나는 그 반대다. 무시무시한 분위기로 독자를 이끌어간 다음, 지독하게 공포스런 폭풍의 문턱에서 이야기를 중단하여 독자로 하여금 마음대로 상상하게 내버려 두는 그의 기교가 놀랍기 때문이다. 그림의 숭고함이 거창한 주제에서 나온다고 잘못 생각하는 일은 아주 흔하다. 나는 『콩고 연구회 회보』(제2집)에서 이런 내용을 읽은 적이 있다.

격렬함이 극에 달하는 아프리카의 그 회오리바람(토네이도)들은 내 생각에 열대 지방의 자연에서 가장 아름다운 장면처럼 보인다. 그럼에도 불구하고 식민국 시민들 가운데는 그 회오리바람을 음악으로 표현할 수 있는 재능 있는 작곡가가 없는 것 같다. 이 글을 마치면서, 나는 그에 아쉬움을 표하지 않을 수 없다.

하지만 나는 그의 그런 아쉬움에 동의할 수가 없다.

---

* Joseph Conrad, 1857~1924. 폴란드 출생의 영국 소설가. 1894년까지 서인도 제도, 동남아, 오스트레일리아, 아프리카의 오지, 콩고 강 등을 여행했으며, 그 여행의 견문과 체험은 그의 많은 작품 속에 녹아들어 있다. 이 책(17쪽)의 '조지프 콘래드를 추모하며'라는 표제도 그의 콩고 강 여행과 관련하여 생각할 수 있다. 위에 언급된 『태풍』(1901) 외에 주요 소설로 『어둠의 한가운데』(1902), 『비밀 첩보원』(1907) 등이 있다.

8월 24, 25일

우리는 보이 두 명과 요리사 한 명을 되는대로 고용했다. '제제' 라는 우스운 이름을 가진 요리사는 얼굴 모습이 흉측하기 이루 말할 수가 없다. 그는 포트 크람펠 출신이다. 보이들의 이름은 아 둠과 우트망인데, 우아다이 출신 아랍인들이다. 이 여행은 북쪽 으로 향하는 여행이므로, 그들은 자기들 고향 쪽으로 가까이 가 게 되리라.

8월 30일

감각이 둔화된 것일까. 아마 약화된 것이리라. 시력과 청각이 약해진 것이다. 시력과 청각이 약화되었으니, 결국 욕망이 이르는 반경도 더 축소되리라. 중요한 것은 마음의 욕망과 육체의 복종 사이에 균형이 유지되어야 한다는 사실이다. 그러므로 늙어가고 있는 내게 아무쪼록 그런 균형이 유지되었으면! 나는 금욕자의 그 완고한 교만을 전혀 좋아하지 않는다. 하지만 늙고 죽는 것, 그리고 인간으로서 불가피한 것에 대해 두려움을 갖는 일은 내게 불경건하고 반종교적으로 보인다. 내게 무슨 일이 일어나더라도 나는 기쁘고 감사하는 마음을 신에게 돌려드리련다.

9월 2일

벨기에령 콩고. 레오폴드빌(킨샤사)로 가기 위해 자동차를 탔다. 앙젤 사령관 방문. 그는 음반다카까지 거슬러 올라가 볼 것을 권유하면서 발레니에르* 한 척을 배려하겠다고 말했다. 우리는 처음에 음반다카를 들르지 않고 바로 리랑가로 갈 계획이었다.

베란다는 박스와 짐들로 혼잡하다. 20~25킬로그램 정도 무게로 포장된 그것들4) 가운데, 돌아갈 때 필요한 보급품들이 들어 있는 마흔세 개의 짐은 사르로 바로 보낼 것이다. 그곳에 있는 마르셀 드 코페** 에게 크리스마스에 맞춰 도착할 것이라고 이미 약속을 해놓았다. 벨기에령 콩고 쪽, 즉 음반다카에 다녀오는 데에는 '최소한의 필수품'만 준비해 갈 것이다. 나머지 짐은 엿새 뒤 라르조호가 리랑가로 싣고 오면, 그곳에서 다시 찾을 것이다. 브라자빌에는 더 볼 것이 없다. 서둘러 더 멀리 떠나야 할 것 같다.

....

* 포경선 모양의 좁고 양끝이 뾰족한 작은 배. 노와 돛을 이용하며 웬만한 톤수의 선박은 대부분 이 배를 소유하고 있다.
4) 콘래드의 『어둠의 한가운데』에는 이런 구절이 있다. "각 짐은 30파운드 무게로 포장되어 있다." 대략 30킬로그램으로 생각하면 될 것이다.
** 지드의 여행에 큰 도움을 준 친구로 그곳의 대리총독이었다.

2 콩고 강에서의 느린 항해

"나는 좀더 빽빽한 초목 지대의 출현을 기대해왔다.
조밀하면서도 강물과 하늘을 가리지 않을 만큼 크지 않은 그런 초목지대를.
오늘 아침, 작은 섬들은 콩고 강의 거대한 '거울' 위에 너무도
조화롭게 배치되어 있어서 마치 수상 공원을 돌아보는 것 같았다."

9월 5일

동이 틀 무렵 브라자빌 출발. 킨샤사로 가서 브라방호를 타기 위해 스탠리풀을 건넘. 파스퇴르 연구소에서 파견된 트레비즈 공작부인이 방기까지 우리와 동행하기로 했다.

스탠리풀을 통과함. 잔뜩 흐린 하늘. 바람까지 불면 추울 것 같다. 스탠리풀은 섬이 많은데, 섬들의 가장자리와 강둑이 뒤얽혀 매우 혼잡하다. 어떤 섬들은 덤불과 관목들이 자라고 있으며, 또 어떤 섬들은 펑퍼짐한 모래섬으로, 하늘을 찌를듯 곤두서 있는 가늘고 여린 갈대들이 이곳저곳에 보인다. 넓고 둥근 소용돌이들이 곳곳에서 회색빛을 띠며 반짝이고 있다. 급류인데도 물의 흐름이 한결같지 않다. 떠도는 풀 더미들에 의해 야기되는 역류들과 이상한 소용돌이들, 그리고 변동이 심한 물살들 때문이다. 풀 더미들은 때로 거대하다. 거류민들은 풀 더미를 '포르투갈 사람들의 거류지'라고 부르면서 재미있어 한다. 끝이 없어 보이는 콩고 강을 거슬러 올라가는 일은 말할 수 없이 따분함을 준다는 말을 여러 번 들었다. 우리는 그렇지 않다는 것을 보여주기 위해 우리의 명예를 걸 것이다. 우리에게는 모든 것이 새로운 것들이어서, 풍경 하나하나에 신경쓰고 감상하며 올라간다. 하지만 보다 직접 그 나라, 혹은 지역을 접하게 될 때 진정한 여행이 시작되리라는 생각에는 여전히 변함이 없다. 멀리 배에서 그 나라나 지역을 바라보는 한, 그것은 그저 먼 곳으로부터 보이는 비실제적인 배경일 뿐이리라.

우리는 벨기에령 강변 쪽으로 바짝 붙어 항해한다. 반대쪽으로 멀리 프랑스령 강변*이 보일락말락한다. 갈대로 덮여 드넓은 평야처럼 보이는 강의 수면. 혹시나 하며 하마를 찾아보지만 역시 보이지 않는다. 강둑으로는 간간이 초목이 무성하다. 관목과 교목, 그리고 갈대가 번갈아 나타난다. 강물에도 나무와 갈대가 계속해서 교대로 나타나기도 하며, 범람기의 강처럼 강물이 강둑의 초목을 쓸며 흘러가기도 한다(사람들 말로는, 한 달 후면 강물의 수위가 훨씬 더 높아질 것이라고 한다). 흐르는 강물에 부유하는 나뭇가지와 잎사귀들. 뱃길의 소용돌이가 부드럽게 애무하듯 그것들을 밀어올린다.

갑판 위에 차려진 식탁에 둘러앉은 20여 명의 회식자. 나란히 놓여진 단 하나의 식탁.

....

* 콩고 강을 경계로 하여 왼쪽은 프랑스령 콩고(중앙 콩고)이고 오른쪽은 벨기에의 유일한 식민지인 벨기에령 콩고이다. 지드는 자국의 식민지에 프랑스보다 상대적으로 많은 노력을 기울이는 벨기에에 대해 긍정적으로 평가한다.

항해를 가로막는 꽤 높은 산 하나. 소용돌이들이 더 커지고 더 강하게 인다. 브라방호는 '협곡' 사이를 항해한다. 강둑들은 낭떠러지가 되면서 간격이 서로 좁아진다. 강물은 이제 나무가 우거진 꽤 높은 언덕들 사이로 흐른다. 언덕들 꼭대기에는 나무 한 그루 보이지 않는다. 짧은 풀들이 덮여 있는 것 같다. 그루터기가 늘어서 있는 보주 지방*의 밭, 즉 가축 떼가 나타나기를 기대하는 목장 같다.

　두 시경, 나무정박소 앞에 정박(나는 어제 저녁에 내 손목시계를 망가뜨렸다). 망고나무들의 시원한 그늘. 몇 안 되는 오두막집 앞의 무기력하게 늘어진 사람들. 나는 생전 처음 꽃이 핀 파인애플을 보았다. 감탄할 만한 모양새의 나비들. 손잡이가 없는 나비채로 잡으려 해보나 헛일이었다. 킨샤사에서 손잡이를 잃었었다.

　찬란한 햇빛. 그렇게 덥지는 않다.

　해질 무렵, 연료를 주유하기 위해 프랑스령 강변의 한 초라한 마을 앞에 정박했다. 나무로 만들어진 정박소 주위로는 듬성듬성 20여 채의 오두막집이 보인다. 우리의 브라방호가 정박소에 접근할 때면 거대한 몸집의 흑인 네 명이(두 명은 앞쪽에서 두 명은 뒤쪽에서) 물 속으로 뛰어들어 강둑에 닻줄을 맨다. 이어 트랩이 내려지는데, 길이가 충분하지 못해 긴 판자들을 이어 늘린다. 배에서 목걸이를 팔던 사내아이의 안내를 받아 마을로 들어갔다.

---

* 프랑스 동부에 위치한 보주 산맥 주위의 지방.

상체를 덮는 흰 대리석 무늬의 이상하게 생긴 하늘색 헤어네트가 그 아이의 미색 무명 반바지 위로 늘어져 있었다. 그 아이는 프랑스어를 한마디도 못하지만, 자기를 쳐다보면 너무도 흐뭇하게 미소를 짓기에 나는 자주 그애를 쳐다보곤 했다. 우리는 저물어가는 희미한 햇빛 속의 그 마을을 돌아보았다. 원주민들은 모두 옴이나 백선, 아니면 내가 알 수 없는 어떤 피부병에 걸려 있었다. 깨끗하고 건강한 피부를 가진 사람은 단 한 명도 보이지 않았다. 처음으로, 꽃시계덩굴의 그 놀라운 열매를 볼 수 있었다.

만월에 가까운 달이 안개 사이로 아직 뱃전을 비추고 있다. 파도 속에 그림자를 드리우며 앞으로 앞으로 전진하는 배. 배 뒷전에서는 끊임없이 바람이 불어온다. 소나기 같은 불티가 멋지게 연통 앞쪽으로 휘어지며 흩날린다. 마치 개똥벌레들 같다. 오랫동안 풍경을 바라보고 있던 나는 선실로 들어가는 것을 단념한다. 모기장 속에서 헐떡거리며 땀을 흘릴 일을 생각하니 끔찍하기만 해서다. 그런데 공기가 서서히 시원해진다. 잠이 온다.

시끄러운 소리에 잠을 깼다. 요리사들이 시끌벅적하게 노래를 하고 있는, 빵 굽는 화덕의 희미한 불빛에 보일 듯 말 듯한 상갑판 위로 내려왔다. 인접한 선실 사람들은 도대체 그런 소음에 어떻게 잠을 이루는지 모를 일이다. 박스 더미 사이에 덩치 큰 세 명의 흑인. 그들은 바람막이 유리등 하나를 켜놓고 비밀리에 주사위놀이를 하고 있었다. 선상에서 노름은 금지되어 있었기 때문이다.

9월 6일

이틀을 항해(두 번째 날의 항해는 좀 지루했다)한 우리는 여섯 시부터 춤비리에 정박했는데, 그곳의 미국 포교원 앞에서 밤을 보냈다. (전날 저녁 브라방호는 쉬지 않고 항해를 했었다) 해질 무렵, 그 마을을 돌아보았다. 내가 이제까지 본 것 가운데 가장 아름다운 야자수들과 바나나 나무들, 파인애플 나무들, 그리고 식용 근경(根莖)의 커다란 아름(타로 토란)들. 풍요로운 광경이었다. 선교사들은 부재중. (배가 정박했을 때) 많은 승객이 하선을 기다리며 뱃전에 서 있었다. 이곳에 닿기 전, 꽤 큰 많은 마을들을 그냥 지나쳤기 때문이다.

우리는 저녁을 먹은 뒤 해질 무렵 배에서 내려왔다. 도발적이며 빈정거리기 좋아하는 아이들이 떼를 지어 몰려들었다. 강둑 저지(低地) 위에는 수많은 개똥벌레가 촘촘히 풀섶에 박혀 있었다. 잡으려는 순간 불이 사라져버렸다. 나는 상갑판 위로 다시 돌아와 흑인 선원들과 밤늦도록 함께 보냈다. 목걸이를 팔던 그 애. 그 애는 지금 내 어깨에 머리를 기댄 채, 내 손을 꼭 잡고 선잠을 자고 있다.

9월 7일, 월요일 아침

잠에서 깨어났을 때의 그 장엄한 광경. 볼로보의 잔잔한 수면을 항해하고 있을 때 해가 솟았다. 광활한 수면 위에는 단 하나의 잔물결도 구겨짐도 보이지 않았다. 그것은 청명한 하늘을 맑게 반사해 보이는, 손상되지 않은 비늘 같았다. 동쪽 하늘에는 자줏빛 태양에 물든 길게 늘어진 몇 점의 구름들. 서쪽으로는 진줏빛 하늘과 호수 같은 강물. 온갖 색조들이 서로 혼합되어 아직 잠들어 있었는데, 우아한 진주모빛 세련된 연한 회색빛만이 낮의 그 풍요롭고 다채로운 색상의 흔적을 드러내 보이고 있었다. 더 멀리에는, 몇 개의 작은 섬이 유동하는 물질 위에 실체를 분간하기 어려운 모습으로 떠 있었다. 불가사의한 그 황홀한 풍경은 잠시 지속되었을 뿐, 곧 윤곽이 확실해지고 선들이 명확해졌다. 다시, 나는 대지 위에 있음을 깨달았다.

때때로 불어오는 바람은 상쾌하고 감미로우며 기분이 좋아서 마치 행복을 들이마시고 있는 것만 같다.

하루 종일 우리는 섬 사이를 항해했다. 어떤 섬들은 빽빽하게 사주가 들어차 있었으며, 또 어떤 섬들은 파피루스와 갈대로 덮여 있었다. 괴상한 모습으로 뒤얽힌 나뭇가지들은 검은 물 속에 무성하게 잠겨 있었다. 때로 어떤 마을은 오두막집들이 거의 보이지 않았지만, 야자나무와 바나나나무들이 있는 것으로 미루어 그곳이 마을임을 알 수 있었다. 단조롭지만 나름대로 변화를 거듭하는 풍경은 아주 매혹적이어서 나는 낮잠을 잘 수 없었다.

　매끈한 강물에 의해 완전무결하게 붉은 색조가 배가되는 감동적인 일몰. 지평선에는 어느새 어두운 구름이 두텁게 드리워졌다. 그 좁은 구름 틈새로 이름 모를 별 하나가 보이니, 그 정경을 어떻게 형언할 수가 없다.

9월 8일

나는 좀더 **빽빽한** 초목 지대의 출현을 기대해왔다. 조밀하면서도 강물과 하늘을 가리지 않을 만큼 크지 않은 그런 초목지대를. 오늘 아침, 작은 섬들은 콩고 강의 거대한 '거울' 위에 너무도 조화롭게 배치되어 있어서 마치 수상 공원을 돌아보는 것 같았다.

가끔씩 홀로 서 있는 묘한 모습의 나무가 강둑의 **빽빽한** 잡목림을 굽어보고 있었는데, 그것은 어수선한 초목 심포니를 배경으로 삼아 독주곡을 연주하는 모습이었다. 꽃은 한 송이도 보이지 않았다. 녹색 외에는 어떤 색도 존재하지 않았다. 단색 오아시스 같은 엄숙한 평온과 우리가 살고 있는 북반구 풍경들의 다양한 색조에서는 볼 수 없는 어떤 고결함이 배어나오는 한결같은 진녹색 천지였다.[1]

어제 저녁부터, 우리는 프랑스령 해변의 응쿤다에 정박하고 있다. 기묘하기도 한 아름다운 마을이다. 밤은 아주 캄캄해서 미처

---

1) 1902년에 콩고 강을 여행했던 오귀스트 슈발리에는, 그의 유명한 여행기에서 이 숲에 꽃이 많이 피어 있는 것으로 묘사하고 있다. 하지만 꽃이 피는 계절은 적도 지역에서조차 그 기간이 아주 짧을 뿐이다. 카메룬을 지날 때, 우리는 넓은 광야에 핀 아마릴리스에 감탄하게 되는데, 그것도 며칠이 지나면 보지 못하게 된다.

돌아보지 못한 이 마을이 상상 속에서 더욱 아름답게 느껴진다. 위험을 무릅쓰고 걷는 모래 오솔길. 그 길을 비추는 희미한 불빛. 오두막집들이 띄엄띄엄 있었다. 마침내 도로이면서 길쭉한 광장이기도 한 장소에 이르렀는데, 거기서 좀 떨어진 곳에 우리는 종류를 알 수 없는 커다란 나무 몇 그루에 의해 가려진 푹 들어간 곳을 발견할 수 있었다. 늪 아니면 강일 것이리라. 푹 들어간 그곳 근처에 작은 울타리 하나. 그 안에 서 있는 세 개의 나무 십자가가 불현듯 시야에 들어왔다. 우리는 다가갔다. 묘비명을 읽어보기 위해 성냥을 그었다. 프랑스 장교들의 무덤이었다. 울타리 옆에는 큰 촛대 모양의 커다란 버들옷나무 한 그루가 외롭게 서 있었는데, 사이프러스 나무를 연상시켰다.

발자크*식의 착 달라붙은 검은 머리 타래들이 납작한 얼굴 위로 늘어져 있는 작은 거인 모습의 '레오나르'. 그 거류민의 지독한 욕지거리. 만취하여 브라방호 갑판 위로 올라온 그는 한 사내아이 일 때문에 한바탕 야단법석을 떨었다. 이야기인즉, 승객 가운데 한 명이 잠시 안내자로 데리고 간 그 사내아이를 잡아 족쳐야겠다는 것이다. 나는 그 아이가 혹시 재수 없게 정말 그때 나타나지나 않을까 걱정이 되었다. 그는 이어 누구인지는 알 수 없지

---

*Honoré de Balzac, 1799~1850. 프랑스 소설가로 『으제니 그랑데』(1833), 『고리오 영감』(1835), 『세라피타』(1835) 등 100여 편의 작품이 수록된 『인간희극』(1842~48)을 남겼다.

만 어떤 포르투갈인에 대해 상스런 욕을 퍼부어댔다. 우리는 어둠에 몸을 가린 채 강둑 위의 한 작은 배 앞까지 그를 따라갔다. 우리가 제대로 이해하고 있다면, 그 배는 그가 문제의 그 포르투갈인에게 판 것인데 아직 돈을 다 받지 못하고 있었다.

"그 포, 포르투갈 놈은 내게 8만 6천 프랑을 아직 갚지 않았어. 더러운 놈 같으니라구. 그놈은 진짜 포르투갈 놈도 아니야. 진짜는 다 자기 나라에 있어. 포르투갈 놈들은 세 종자가 있지. 진짜 포르투갈 놈, 너절한 포르투갈 놈, 그리고 똥 같은 포르투갈 놈……. 그놈은 똥 같은 포르투갈 놈이야. 더러운 자식이지! 똥 같은 자식! 이놈아, 넌 빨리 내게 8만 6천 프랑을 갚아야 돼……." 그는 정확히 같은 말을, 그것도 순서 하나 바뀌지 않고 반복하며 고래고래 소리를 질렀다. 한 흑인 여인이 그의 팔에 매달렸다. 아마 그의 '현지처'일 것이다. 하지만 그는 그 여자를 난폭하게 밀어젖혔다. 누군가를 박살내러 갈 것 같았다. 그에게서 헤라클레스 같은 힘이 엿보였기 때문이다.

한 시간이나 지났을까. 그는 느닷없이 브라방호 갑판으로 다시 올라왔다. 그리고 선장에게 다가가 술을 마시자고 보챘다. 선장은 밤 아홉 시 이후에는 선상에서 술을 마시는 일을 금지하는 규정을 들면서 샴페인을 달라는 그의 요구를 단호히 거절했다. 그 취한은 버럭 화를 내며 마구 욕지거리를 퍼부어댔다. 결국 배에서 내려갔지만 강둑에 서서 선장을 매도하는 별의별 욕지거리를 계속해서 지껄여댔다. 갑판 반대편 어둠 속으로 몸을 숨긴 불쌍한 선장. 나는 그에게 다가갔다. 벌벌 떠는 그의 눈에는 눈물이 가득했다. 그는 한마디도 않고 모욕을 삼키고 있었다. 그는 러시아인으로 황제의 추종자였다. 벨기에서 복무 도중 그는 (러시아) 혁명재판소에서 행해진 궐석재판에서 사형을 언도받았는데, 그의 아내와 두 딸은 아직 레닌그라드에 살고 있었다.

레오나르가 사라지자 어둠 속에서 다시 슬그머니 나온 그 불쌍한 영락자(零落者)는 이렇게 투덜거렸다.

"제독이라구! 저 취한은 나를 제독이었던 것으로 알고 있어요. …… 하지만 나는 아니었습니다 ……."

그는 트레비즈 공작부인이 레오나르가 자기에게 한 그 거짓 욕지거리들을 곧이곧대로 듣지나 않을까 걱정했다. 오늘 아침, 그는 어제 저녁에 한숨도 자지 못했노라고 내게 말했다. 동정심의 표시에서, 이제까지 그를 그저 '선장님'이라고 불렀던 승객들은 너도 나도 앞다투어 '함장님'이라고 부르기 시작했다.

9월 12일

9일, 음반다카에 도착. (며칠 동안) 수첩에 기록할 기회가 없었다. 매일 쓰지 않을 경우 아예 무관심해지지나 않을까 걱정된다. 사령관이 배려해준 자동차 한 대를 이용해, 자도 검사가 친절하게 이 도시를 구경시켜주었다. 크지만 아직 형태가 잡히지 않은 도시다. 지금의 모습에 감탄하기보다는 어떻게 되었으면 하고 바라는 10년 후의 모습을 이야기하면서 나는 감격해했다. 아직 완성이 덜 된 원주민 병원. 하지만 이미 부족함이 거의 없는 놀라운 병원이었다.[2]

병원장은 프랑스령 알제리 출신이었다. 정력적인 그 알제리인은 훌륭한 자질을 갖춘 의사 같았는데, 프랑스령 콩고에서는 의료 원조가 턱없이 부족하여 환자 치료가 원활하게 이루어지지 못한다며 안타까워했다.

....

2) 우리의 형편없는 브라자빌 병원과 이 병원을 비교하면서 너무 가슴 아파하지 않기 위해 벨기에인들은 식민지를 한 군데밖에 가지고 있지 않기에 그곳에 모든 노력을 기울일 수 있다는 점을, 그리고 프랑스령 콩고는 우리의 가장 가난한 식민지인데 다행스럽게도 프랑스에서 그곳의 곤궁에 대해 얼마 전부터 신경을 쓰기 시작했다는 점을 다시 한 번 말해 두고자 한다.

11일, 에알라 묘목 시험장 구경. 벨기에령 콩고인 이곳(음반다카)을 들른 진짜 목적은 바로 거기에 있었다. 시험장 원장인 구상 씨가 직접 키운 묘목들. 카카오나무, 커피나무, 빵나무, 우유나무, 양초나무, (잎이 토인들이 허리에 두르는 옷으로 이용되는) 옷(衣)나무, 그 이상한 마다가스카르산 바나나나무 등⋯⋯ '여행자의 나무'라고 불리는 그 마다가스카르산 바나나나무의 넓은 잎은 잎꼭지 아랫부분에 칼자국을 살짝 내놓으면 한 컵 정도의 맑은 물이 솟아나와 목마른 여행자의 갈증을 해소시켜준다고 한다. 이미 우리는 어제 저녁에도 이곳 에알라에서 즐거운 시간을 보냈었다. 친절한 구상 씨의 해박한 지식은 지칠 줄 모르는 우리의 호기심을 끝까지 충족시켜주었다.

9월 13일

저녁 무렵, 자동차들이 우리를 기다리고 있는 X에까지 카누로 다시 거슬러 올라갔다. 강변을 따라 넓게 펼쳐진 갈대밭 덕분에 초록빛은 더 연해진 모습이다. 카누는 흰 수련들을 뚫고 그늘이 드리워진 수면 위를 미끄러지듯 지나 물에 잠긴 숲 속의 빈터의 나뭇가지들 아래로 들어간다. 물 속에 비친 줄기들, 나뭇잎 사이로 비스듬히 비쳐드는 햇살들. 가지 사이를 헤치고 지나가는 긴 뱀 한 마리. 우리의 두 보이가 쫓아가보지만 빽빽한 덤불숲 사이로 어느새 도망쳐 버린다.

9월 14일

아침 여덟 시. 모터보트 루비호로 음반다카를 출발해 툼바 호수
로 향했다. 그런데 17일 리랑가에서 라르조호를 놓쳐서는 안 되
었으므로 마음이 편치 못했다. 툼바 호수는 '위험'하다. 몰아치는
회오리바람으로 늦어질지도 모른다. 15일에, 툼바 호수에서 돌아
오는 길에 이레부에서 발레니에르로 갈아타고 리랑가로 갈 계획
이다. 하늘은 잔뜩 흐려 있다. 어제 저녁에는 세 갈래 번개가 괴
물처럼 하늘을 가르곤 했다. 유럽의 번개보다 훨씬 더 대단했지
만 소리가 없었다. 어쩌면 너무도 먼 곳에서 쳐서 천둥소리가 들
리지 않았을지도 모른다. 음반다카에서 우리는 모기들의 밥이 되
었다. 저녁에는 모기장 속에서 땀으로 목욕을 했으며, 끔찍하게
큰 바퀴벌레들이 세면도구 위를 장난감 삼아 뛰어놀았다.

어제는 하마고기를 경매하는 풍경을 시장에서 보았다. 견딜 수
없을 정도로 악취가 풍겼다. 소리를 질러대며 우글거리는 경매꾼
들. 무엇보다 여자들 사이에서 벌어지는 말다툼들. 하지만 언제
나 웃으면서 끝이 났다.

루비호는 자기만큼이나 긴 두 척의 발레니에르를 양측면에 달고 있었는데, 거기에는 나무와 트렁크들과 흑인들이 타고 있었다. 날씨는 시원하다. 하지만 습하고 비바람이 무섭게 몰아친다. 루비호가 출발하자 세 명의 흑인이 호리병박과, 조잡하게 조각되어 있는 울긋불긋 야단스럽게 색칠한 뱀처럼 길고 커다란 나무북 하나를 귀가 째질 정도로 쳐대기 시작했다.

9월 15일

어둠이 내릴 무렵, 루비호는 우리를 이레부에 내려놓았다. 벨기에령 콩고에서 가장 오래 주둔하고 있는 한 야영부대의 부대장 마메 소령이 우리를 영접해주었다. 강물(아니면, 적어도 툼바 호수로 흘러들어가는 지류일 것이다)을 따라 나 있는 30년 묵은 아름다운 종려나무 거리. 그 길을 따라 우리는 미리 예약해놓은 오두막집으로 향했다. 소령 집에서 저녁 식사. 인정사정 볼 것 없이 물어뜯는 모기 떼.

아침, 툼바 호수 쪽으로 발레니에르를 타고 산책. 배를 젓는 뱃사공들의 기막힌 가락들. 흑인 한 명은 굵직한 장작으로 뱃고물에 있는 금속 상자를 지칠 줄 모르고 두드렸다. 전체가 금속으로 입혀진 배였기에 선체 전체가 울렸다. 그 소리는 뱃사공들의 힘을 조절하는──피스톤의 규칙적인──리듬 같았다. 그 흑인 뒤에 막대기를 하나 들고 있는 더 어린 다른 흑인이 사이사이 규칙적인 싱코페이션(당김음)을 넣으면서 그 집요한 리듬을 잠깐잠깐 중단시키곤 했다.

콩고 강과 툼바 호수를 잇는 넓은 수로 변의 한 작은 마을 마코

코(볼로코)에 정박. 호수까지 올라가기에는 시간이 부족하다. 날씨도 무척 덥다. 한낮의 태양이 무섭게 내리쬔다. 하지만 나는 강둑에서 하늘빛 파도 무늬의 커다란 검은 나비들을 쫓았다. 점심이 준비되는 동안, 두 동료와 함께 마을에 인접한 숲 속으로 들어갔다. 이름 모를 커다란 나비들이 우리의 발치에서 멋지게 날아올랐다. 그것들은 구불구불한 오솔길을 따라 환상적으로 날아가다가는 얽히고설킨 리아나 덩굴들 사이로 숨어들었다. 아주 큰 것들이었지만, 들고 온 나비채가 닿지 않아 잡지 못해 너무 아쉬웠다(결국 몇 마리를 잡긴 했지만, 가장 멋진 것들은 다 놓쳤다). 그 작은 숲은 에알라 근처에서 장시간 산책하면서 보았던 것보다 모든 면에서 더 아름다웠다. 우리는 물에 잠긴 한 저지대에 이르렀다. 검은 물에 비치는 하늘은 더욱 깊어 보였다. 괴물 같은 밑동의 나무 한 그루. 그 나무에 다가가자 먼 곳 깊은 녹음 속에서 한 마리 새의 지저귐이 들려왔다. 숲의 녹음에 흠뻑 젖은 채.

9월 16일

발레니에르로 이레부를 출발. 조금 하류 쪽으로 리랑가가 거의 마주 바라다보였다. 콩고 강의 그곳은 아주 넓은데다 섬들로 복잡하여 건너가는 데 네 시간도 더 걸렸다. 뱃사공들은 힘이 빠진 모습이었다. 흐름이 완전히 정지해 있는 것처럼 보이는 넓은 수면들을 통과했다. 때때로, 특히 섬들 가장자리의 물살이 갑작스럽게 빨라져서 건너는 데 여간 힘이 들지 않았다. 우리는 너무 아래쪽으로 내려왔는데, 그 이유를 알 수 없었다. 하지만 뱃사공들은 길을 잘 알고 있는 것 같았다. 아마도 하류 쪽에서 거슬러 올라가며 건널수록 더 안전하기 때문인 것 같았다.

　브라자빌에서 보낸 우리의 전보를 받고 도착을 미리 알고 있던 한 포르투갈인이 우리를 맞았다. 그는 그곳에 거주하고 있는 유일한 백인이었다. 리랑가에서 활발히 전도사업을 벌이고 있는 그 사제는 자신의 병 치료를 위해 지난 달 브라자빌로 떠나기로 되어 있었다. 그는 수면병으로 무수히 죽어가고 있는 이 지역의 병든 아이들도 되도록이면 많이 데려갈 생각을 하고 있었다. 우리가 묵고 있는 포교원은 정박소에서 1킬로미터 정도 떨어진 곳에 위치해 있다. 이곳 역시 강둑이지만 암벽으로 인해 수위가 가장 낮은 시기에는 좀 큰 배는 접근이 불가능했다. 곳곳에 과수원이 있는 이 마을은 강둑을 따라 길게 늘어져 있었다.

아름다운 종려나무 거리를 지나 우리는 벽돌로 지은 한 교회에 다다랐다. 그 교회 옆의 낮지만 큰 건물이 우리가 유숙하고 있는 곳이다. 한 흑인 '교리문답자'가 문을 열어주었다. 방을 다 이용할 수 있기에 아주 여유롭다. 지독스럽게 덥고 습하다. 비바람까지 몰아친다. 숨이 막힌다. 식당은 다행히도 공기가 잘 통한다. 식사 후에 낮잠. 땀을 줄줄 흘리며 일어났다. 지금까지 보았던 것과는 다른, 아주 넓은 잎을 가진 대단히 아름다운 바나나무 과수원들. 그 과수원들을 지나자 다시 좁아지는 오솔길. 숲 속으로 이어지는 그 오솔길은 스무 발자국 정도를 걸을 때마다 놀라운 풍경들이 연이어 나타났는데, 그렇게 나는 몇 시간 동안을 걷지 않을 수 없었다. 하지만 어둠이 내리고 무서운 폭풍우까지 몰려오려 하고 있었다. 나를 유혹했던 매력들은 어쩔 수 없이 그쯤에서 그 폭풍우의 두려움에 굴복해야 했다.

하루 세 번, 한 시간씩 원주민 언어로 교리문답 수업이 이루어지고 있었다. 쉰일곱 명의 아녀자와 몇 명의 사내아이들. 그들은 교리문답 교사가 반복하는 지루한 질문에 기계적인 답변을 계속했다. 때때로 '영성체라든가 종부성사라든가 성체성사라든가……' 등등의 원주민 언어로 번역이 불가능한 어휘들이 눈에 띄곤 했다.

9월 18일

기온은 그렇게 높지 않지만(32도를 넘지 않는다), 대기는 열기와 습기와 체체파리와 모기들로 포화 상태다. 모기의 공격을 받는 곳은 특히 종아리와 목 낮은 구두가 보호해주지 못하는 발목 부분이다. 그것들은 바지 속으로 모험을 감행하여 장딴지까지 공략한다. 뿐만 아니라 옷을 뚫고 무릎까지도 사정없이 물어뜯는다. 낮잠은 도통 불가능하다. 그러기에 그 시간은 내게 나비와 함께하는 시간이다. 나는 나비의 종류들을 거의 알게 되었다. 그래서 이제는 새로운 종류라도 하나 나타나면 내 기쁨은 한층 배가된다.

9월 19일

새벽에 라르조호가 도착했다. 이틀 전부터 기다리며 포교원 앞에 흰색 기를 매달아 놓았다. 라르조호는 우리가 묵고 있는 숙소와 가까운 선창에 배를 대 짐을 카누로 그 배까지 실어날라야 하는 번거로움을 덜어주었다. 끈질기게 괴롭히는 체체파리들 때문에 우리는 미련 없이 리랑가를 떠날 수 있었다.

라르조호는 오십 톤급 선박으로 쾌적하고 선실도 양호하다. 뱃머리에는 휴게실이 있고 선미에는 큰 식당이 하나 있다. 배 안은 어디를 가나 전기 조명으로 화려하다. 이 나라의 관례에 따라 이 배도 두 척의 짐배를 옆에 달고 있다. 배에 탄 백인이라고는 가장젤 선장 외에는 우리밖에 없다. 꽤 상냥한 모습과 태도를 가진 흑백 혼혈아 멜레즈 2세라는 청년이 이 배에 타고 있는데, 그의 아버지는 이 지역에서 가장 유명한 거류민 가운데 한 사람이다.

우리는 콩고 강을 벗어나 우방기 강으로 접어들었다. 진흙이 많은 이 강물은 흡사 크림을 탄 커피 색깔이었다.

두 시경, 회오리바람을 피하기 위해 라르조호를 한 시간 동안 근처 섬에 정박시켜야 했다. 선사시대의 풍경. 건장한 흑인 세 명이 헤엄을 쳐 강둑에 접근했다. 그들은 물 속에 얼기설기 얽혀 잠겨 있는 나무들 사이를 헤엄쳐 다니며 수심을 재는 데 사용할 긴 장대들을 잘랐다.

밤을 보내기 위해 부방기에 정박했다. 모여든 주민들은 아름답지도 친절하지도 않았지만, 그렇다고 이상하게 생기지도 않았다. 멜레즈 2세의 말을 누군가 재차 확인시켜 주었다. 즉, 이 마을의 오두막집들은 범람기에는 한달 반 동안 물 속에 잠긴다는 말을. 물이 허리까지 차올라오는데, 그때는 말뚝을 박아 그 위에 잠자리를 걸쳐놓는다고 한다. 식사는 작은 둔덕들 꼭대기에서 하고 카누로만 돌아다니는데, 오두막집들은 짚을 섞은 벽토로 지어져 있어서 차오른 물에 의해 벽 아랫부분이 붕괴될 수밖에 없다.

선장의 말에 의하면 어떤 마을들은 석달 반 동안이나 그렇게 물 속에 잠긴다고 한다.

9월 22일

이틀 전부터 거의 그치지 않고 내리는 비. 어제 저녁, 라르조호는 벨기에령 강변의 보볼로에 정박했다. 벽돌과 나무로 지어진 정박소였다.

오늘 아침 여덟 시, 임폰도에 도착. 길고 아름다운 도로는 강가를 따라 올라가면서 넓어져 공원이 된다. 아래위 양쪽의 원주민 마을들. 황폐하고 초라한 오두막집들. 반면, 건너 편에 보이는 프랑스령 강변은 아름답게 잘 정리되어 있으며 번창하고 있는 모습이다. 머리를 잘 써서 지속적으로 신경을 쓸 때 보일 수 있는 모습이 바로 그런 모습이 아닌가 싶다. 순시를 나간 행정관 오지아씨는 내일이나 돌아올 것이라고 들었다. 임폰도 주변의 경치는 아름다웠다. 카누들이 정박해 있는 강가의 내포(內浦)들. 육지와 강물의 상호작용이 빚어내는 뜻밖의 환상적인 경치들. 그 경치들에 이어 바로 나타나는 숲은 더욱 멋진 정경을 자아내기도 했다. 하지만 우방기 강을 거슬러 올라가는 일은 말할 수 없을 정도로 지루했다는 사실을 고백하지 않을 수 없다.

낮게 드리워 있지는 않지만 하늘은 온통 구름 천지다. 사흘 전부터 자주 비가 내린다. 바람에 몰려가는 가는 비, 중간중간 억수 같은 소나기들. 그러니 이 같은 비 오는 날 잠에서 깨어나는 것보다 더 우울한 일은 없으리라. 라르조호는 아주 느리게 앞으로 나아가고 있다. 베투에서 저녁을 먹기로 되어 있었는데, (화력이) 안 좋은 장작 때문에 내일 정오 무렵에나 도착할 것 같다. 유지보수가 제대로 되지 않은 정박소들은 썩은 나무들밖에 볼 것이 없다. 어디를 가나 근무자 부족을 느끼게 한다. 더 많은 인원과 인력이 필요하다. 더 많은 의사가 필요하다. 그러자면 우선 그들에게 지불할 돈이 더 필요하다. 의료품의 부족현상은 어디를 가나 쉽게 접한다. 간단히 치료할 수 있는 병조차도 많은 사람에게 전염되도록 방치해둘 수밖에 없게 하는 의약품 결핍현상이 도처에서 일어나고 있다. 약품을 요구하면 관계 당국의 위생반은 대개 수급을 최대한 늘여 빼는데, 그나마 보내줄 경우에도 겨우 요오드나 황산나트륨, 아니면 붕산 같은 것밖에 없다![3]

  강물을 따라 늘어선 마을들에서 만난 사람들 가운데 (대개 열대 프람베지아로 인한) 흉측한 흉터가 없는 사람들이 없었으며, 상하고 훼손된 피부를 가지고 있지 않은 사람이 거의 없었다. 그런데도 그들은 한결같이 모든 것을 체념한 채 웃고 즐거워하며 일시적인 기쁨에 빠져 있었다. 물론 그들은 더 나은 상태에 대해서는 상상조차 하지 못했다.

....
3) 들은 바에 의하면 그렇다.

저녁을 보내기 위해 동구에 정박. 임폰도에 있던 행정 관청은 이곳으로 옮겨졌다. 해가 질 무렵 배에서 내렸다. 마주보게 배치되어 있지만, 서로 많이 떨어져 있지는 않은 유럽인들이 거주하는 집들 앞에는 공원이 하나 있었다. 가로의 오렌지 나뭇가지들은 녹색 오렌지 열매들로 무거워 아래로 축 늘어져 있었다(이곳에서는 오렌지와 레몬마저도 열매의 색을 주위의 획일적인 진녹색과 조화시키고 있다). 나무들은 아직 어렸다. 하지만 그 공원은 몇 년 후면 아주 아름다울 것이다. 선창 정면에는 '임폰도 45km'라고 새겨진 이정표가 하나 있었다. 하지만 거기에 표시된 방향은 임폰도와 반대 방향으로, 그 길은 우리가 초저녁에 본 바로 그 원주민 마을까지만 나 있는 길이었다.

9월 23일

숲의 모습이 좀 달라졌다. 나무들은 더 아름다워 보였다. 덩굴식
물인 리아나가 없기에 나무들의 동체가 더 잘 드러나 보였던 것
이다. 앙가딘의 낙엽송들에서 볼 수 있었던 것처럼 가지에는 연
초록 지의들이 많이 자라고 있었다. 어떤 나무들은 엄청나게 컸
는데, 프랑스에서 볼 수 있는 것들보다 훨씬 거대했다. 하지만 강
변에서 좀 멀어지자 강은 너무 넓어서 그런 구분이 잘 안 되었다.
며칠 전만 해도 자주 보였던 덩굴 종려나무도 보이지 않았다.

저녁 무렵, 마침내 하늘이 맑아졌다. 초록빛 하늘은 황홀한 모
습을 다시 드러내 보였으며, 동쪽 강물 수면에는 연한 자줏빛 색
조가 혼합되어 절정에 이른 황금빛이 반사되고 있었다.

라엔자에 정박. 황혼 무렵, 그 작은 마을을 돌아보았으나 별로
볼 만한 것이 없었다. 한 오두막집에서 산모가 아이를 막 출산하
고 있었다. 아이는 아직 울음조차 터뜨리지 않은 채 태반에 이어
져 있었다. 산파는 우리가 보는 앞에서 나무칼로 탯줄을 잘랐는
데, 아이의 머리 위를 지나 목덜미까지 내려오는 길이에 맞춰 조
심스럽게 잘랐다. 태반은 바나나 잎으로 일단 덮어놓았다. 분명

그것은 어떤 의식을 치른 다음 땅 속에 묻힐 것이었다. 문지방 주위로 많은 사람들이 모여들었다. 방문이 너무도 낮아 안으로 들어가려면 상체를 푹 수그리지 않으면 안 되었다. 우리는 그 신생아 베로니크의 출생을 축하하기 위해 1파타(5프랑)를 산모의 손에 쥐여 주고 나왔다. 배로 돌아온 우리를 공격해 오는 매력적인 작은 녹색 개미 떼들. 라르조호는 새벽 두 시에 다시 출발하기로 되어 있다.

청명한 하늘. 상현달이 떠 있다. 공기는 훈훈하다.

9월 24일

『인간혐오자』전반부 3막을 다시 읽었다. 이 작품은 아무리 보아도 몰리에르*의 작품들 가운데 내가 좋아하는 작품은 아닌 것 같다. 읽을 때마다 그 같은 판단에는 변함이 없다. 줄거리의 원동력이 되는 감정들, 그리고 작가의 풍자 대상이 되는 우스꽝스런 언동들은 더 미묘하고 섬세한 묘사를 필요로 할지는 모르되 『시민 귀족』, 『수전노』, 『상상으로 아픈 사람』에서 내가 그토록 감탄해 마지않는 그 과장과 '윤곽의 침식'을 이 작품에서는 참아내기가 여간 힘이 드는 것이 아니다. 알세스트**의 성격은 내게 좀 억지스럽게 보인다. 그런데 바로 그 성격의 창조에 매진하는 만큼 저자는 오히려 더 어색함을 보인다. 그는 자주 자신이 무엇을 비웃는지, 또는 누구를 비웃는지 그다지 잘 파악하지 못하고 있다. 이 작품의 주제는, 밖으로 확실히 드러낼 필요가 있는 연극보다는 오히려 소설에 더 적합하다. 알세스트의 감정들은 표면적인데다

---

* Molière, 1622~73. 프랑스의 고전주의 희극 작가. 본문에 언급된 작품들 외에도 『동 쥐앙』(1665), 『타르튀프』(1664) 등이 있다.
** 사회의 허위와 경박한 풍조에 분개하는 정의파 주인공이지만, 사교계의 경망한 과부 클리멘을 사랑하는 모순에 빠져든다.

별로 양질의 것이 못 되는 어떤 조소를 그의 성격에 첨가하는 부자연스러운 표현들에 의해 타격을 입는다. 가장 훌륭한 장면은 아마도 그 자신이 모습을 드러내지 않는 장면일 것이다. 결국, 그의 솔직성(그것도 대개는 참기 어려운 조야함과 노골성일 뿐이다)을 제외하면, 그 인물을 거만한 역할에 어울리게 만들 만한 뛰어난 자질들(넌지시 암시는 되어 있다)이 어떤 것인지 알지 못한다.

열 시에 베투에 정박. 모디엠보족 원주민들은 더 건강하고 튼튼하며 아름다웠다. 그들은 보다 자유롭고 더 성실한 모습이었다. 내 두 동료는 강둑을 따라 마을을 구경하러 간 반면, 나는 산림회사*의 교역소 쪽으로 발걸음을 옮겼다. 교역소 앞 부지에는 나이 어린 소녀들이 잡초를 뽑고 있었는데, 노래를 부르며 작업을 하고 있었다. 종려나무 줄기로 엮은 발레용 스커트 같은 치마를 입고 있는 그녀들은 대부분 발목에 구리로 만든 고리를 끼고 있었다. 얼굴은 별로였지만 상체는 풍만했다. 색다른 나비들을 찾기 위해 카사바** 나무밭을 가로질러 꽤 오랫동안 혼자 걸었다.

산책 도중에 이른 마을은 크지만 매력이 없었다. 마을에서 좀

---

* '상가 우방기 산림회사'를 말한다. 지드는 식민지 대회사들(특히, 이 책에서는 상가 우방기 산림회사)에 대해 강도 높게 비판하고 있는데, 콩고 여행에서 독점자본주의의 횡포를 처음으로 경험하게 된다. 그것 역시 그가 코뮤니즘으로 기운 동기와 무관하지 않다.

** 열매는 삭과(蒴果)이며, 뿌리에는 생체 중의 20~25퍼센트의 녹말이 들어 있어 식량으로 사용된다. 지드의 도보 여행 중, 원주민 짐꾼들의 식량으로 공급됨을 자주 볼 수 있다.

떨어진 곳에는 교회 하나가 가시덤불 속에 묻힌 채 버려져 있었다. 벌써 2년 전부터 그래 왔는데, 주민들이 선교사들의 가르침을 들으려고 하지 않았으며 그들의 훈계에 복종하지 않았기 때문이란다. 문과 창문들이 열려진 채 그 교회는 잡초만 무성했다. 물가를 따라 한 무리의 아이들이 높은 절벽에서 뛰어내리며 다이빙을 즐기고 있었다.

두 시경, 멜레즈 2세가 떠났다. 그는 그의 '내연의 처'와 그 여인을 염탐하는 일을 맡은 열두 살 난 보이 한 명과 함께 카누로 벨기에령 강변의 보마 마탕게로 갔다.

9월 25일

밤을 보내기 위해 벨기에령 강둑의 한 거대한 나무 가까이에 배를 바싹 댔다. 밤 열한 시경에 몽굼바에 도착한 것이다. 망고나무가 옆으로 늘어선 웅장한 나무계단이 정박소까지 이어져 있다. 계단의 높이는 15미터는 되는 것 같다.

우방기 강의 흐름은 훨씬 더 빨라져서 라르조호의 전진은 그만큼 늦어질 수밖에 없었다. 몇몇 아름다운 나무들이 있었지만 강변 숲의 단조로움을 깨트리지는 못했다. 나뭇가지들 사이에서 흑백의 원숭이 네 마리를 보았다. 수염이 긴 '카퓌생' 원숭이라고 불리는 종류 같았다. 나는 『밸런트래 명인』*을 다시 읽는다.

매일 한 시에서 네 시까지는 꽤 힘이 든다. 하지만 그 시간에 우리는 선장이 빌려준 신문을 읽는다. 7월 말 파리의 기온은 36도까지 올라간 모양이다.

반구형 잔 모양의 아름다운 반달. 강물 위에 비치는 달빛이 밝

---

* 영국 작가 스티븐슨(Robert Louis Stevenson, 1850~94)의 작품. 어린 아이들을 위해 1889년에 쓴 이 작품 외에 『보물섬』(1884), 『지킬박사와 하이드 씨』(1886) 등이 있다.

다. 배의 탐조등이 잡목숲을 환상적으로 비춘다. 숲은 온통 날카로운 울음소리들로 진동한다. 공기는 훈훈하다. 하지만 이내 라르조호의 조명등이 모두 꺼진다. 모든 것이 잠든다.

9월 26일

우리는 곧 방기에 도착한다. 강물로부터 벗어난 한 고장을 다시 볼 수 있어 즐거우리라. 오늘 아침, 강변을 따라 이어지는 마을들은 덜 음산했으며, 덜 황폐한 모습이었다. 나무들은, 덤불숲이 전혀 없어 밑부분이 가려지지 않기에 더 크게 보였다. 한 시간 전부터 시야에 들어오기 시작한 방기의 가옥들은, 강물 바로 앞쪽까지 솟아 강줄기를 동쪽으로 굽이치게 만든 꽤 높은 야산 중턱까지 층층으로 지어져 있다. 녹음에 반쯤 가려진 아름다운 가옥들. 조용히 내리던 비가 곧 호우로 변했다. 짐과 트렁크들을 다시 챙겼다. 15분 후면 우리는 마침내 라르조호에서 하선할 것이다.

3 자동차 여행

"해질 무렵에 겨우 밤바리에 도착.
우리의 포드 차로 열 시간이 걸린 것이다.
도중에 끊임없이 일어났던 자잘한 사고와 여러 번의 고장들.
건너던 다리가 무너져 내렸는데도 어떻게 우리가
강물 속으로 곤두박질치지 않았는지
도무지 알다가도 모를 일이다."

10시

이 지방 총독을 대신하여 비서실장 부베 씨가 선상으로 올라와 우리를 맞았다. 그는 총독의 점심식사 초대를 우리에게 전했다. 보이 아둠에게 짐을 보고 있으라고 해놓고, 우리는 먼저 두 대의 자동차에 나누어 타고 예약해 놓은 이곳 오두막집으로 왔다. 여전히 비는 멎지 않고 있다. 트레비즈 부인이 사용할 오두막집은 매력적이다. 우리의 오두막집은 쾌적하고 넓으며 통풍이 잘 된다. 마르가 다시 우리의 짐을 가지러 아둠에게 간 사이, 나는 몇자 적고 있다. 열린 창문 가까이 놓인 큰 등나무 안락의자에 몸을 파묻은 채 소나기에 젖은 풍경을 바라본다.

9월 28일

랑블랭 총독과의 훈훈한 대화. 그는 우리가 떠날 때까지 자기와 함께 식사를 하자고 제안했다. 그 겸손한 사람은 얼마나 내 마음에 드는지 모른다. 그의 훌륭한 치적은 영리하고 일관성 있는 다스림이 가져올 수 있는 것이 어떤 것인지를 여실히 보여주었다.

방기 위쪽 강가의 마을들을 방문하는 동안, 나는 종려유를 만드는 과정을 오랫동안 구경했다. 그것은 목질 과육으로부터 맨 먼저 추출해내는 것이다. 또 다른 기름[1]은 씨껍질을 분쇄한 다음 안쪽의 씨에서 추출해낸다. 어쨌든 먼저 해야 할 일은 과육으로부터 그 씨껍질을 분리해내는 일이다. 그 작업을 위해 열매를 삶은 뒤, 그것들을 다시 절구에 넣어 찧는다. 절굿대 부리는 아주 납작해서 찧으면 찌부러진 과육이 분리되며, 단단한 씨껍질은 옆으로 밀려난다. 그 과정에서 곧 사프란 색 과육밥이 만들어지고, 그것을 손에 넣어 짜면 기름이 나온다. 그 일을 하는 여인들은 둥근 빵 하나를 얻어 먹는 것으로 삯을 대신한다고 한다. 기름을 추

---

1) 질이 더 좋은 그 기름이 실제로 우리가 종려유라고 부르는 것이다. 그런데 그 기름은 특별한 분쇄기를 이용해서만 추출할 수 있다.

출하는 과정을 (볼 때는 아주 재미있었는데) 말로 하자니 별로 실감이 나질 않는다. 그러니 내 설명이 불충분한 부분들에 대해서는 자료들을 찾아 참고하기 바란다.

음발리 폭포를 보러 가기 위해 아침 아홉 시에 자동차로 출발했다. 이튿날에나 돌아와야 했으므로 침구를 실은 소형 트럭 한 대를 더 끌고 갔다. 밤바리에서 임무를 수행하기로 되어 있는 트레비즈 부인은 우리와 같이 폭포 구경을 가기 위해 출발을 이틀 연기했다. 신나는 여행길이었다. 이 말은 특히 전날 저녁에 잠을 잘 잔 날 자주 등장하리라. 그렇게 쉽지만은 않은 일인데, 나는 마음과 정신이 경쾌함을 느꼈다. 그래서인지 보이는 것마다 황홀했다. 길은 이내 광활한 큰 나무숲 속을 관통했다. 덤불숲에 묻히지 않아 큰 나무들의 동체는 고결하게 보였다. 그것들은 유럽에서 볼 수 있는 나무들보다 훨씬 더 컸다. 많은 나무들이, 가지가 활짝 벌어진 꼭대기 지점에(중간에는 하나의 가지도 없이 녹색의 꼭대기까지 늘씬하게 자라기 때문이다) 코끼리 귀를 닮은 연녹색의 엄청난 착생 양치류들을 가지고 있었다. 도로변으로는 남녀 원주민 무리가 머리 위에 카사바와 조 가루, 그리고 그들 마을에서 생산한 이런저런 물건들이 담긴—잎으로 덮은—큰 광주리를 이고 바삐 읍내 쪽으로 걸어가고 있었다. 우리가 지나갈 때, 그들은 한결같이 우리에게 부동자세로 서서 군대식 경례를 붙였다. 그러면서도 우리가 답례를 하면 크게 소리를 지르거나 폭소를 터뜨렸다. 마을들을 지나면서 아이들에게 손을 흔드는 일, 그것은 어떤 '열광'을 야기했다. 열광적으로 발을 동동 구르는 그들의 모습은 일종의 열렬한 환호였다. 숲이 끝나자 길은 경작지가 많은 지역으로 들어섰다. 그곳에서는 모든 것이 번창일로에 있는 것처럼 보였으며, 사람들 모습도 행복해 보였다.

점심을 먹기 위해 어느 마을 끝자락에 위치해 있는 여행객 숙소[2]에 차를 세웠다. 숙소의 난간으로 아이들이 떼를 지어 모여들었다. 마흔 명은 족히 되었다. 그들은 파리 볼로뉴 숲 동물원의 구경꾼들이 물개의 식사 광경을 보기 위해 다가서는 것처럼 바싹 다가와 우리가 식사하는 것을 바라보았다. 그러다가 조금씩 우리의 친절한 태도에 용기를 얻은 그들은 둘러친 난간을 대담하게 넘어 우리 곁으로 다가왔다. 내 의자 앞에 무릎을 꿇고 앉아 있던 아이 한 명은 모히칸족처럼 머리에 기다란 깃털을 하나 달고 있었다.

이곳에 도착하기 전, 우리는 숲 속의 한 빈터에서 큰 동네에 붙어 있다시피 한 작은 마을을 발견할 수 있었다. 불같이 내리쬐는 태양 아래지만 그 마을은 너무나 아름답고 신기해서 우리에게 여행을 떠나게 한 동기를 발견케 한 것 같았다. 그리고 마침내 여행

---

2) 적도 아프리카의 모든 도로에는 여행객들로 하여금 텐트를 치는 번거로움을 덜어주기 위해 약 20킬로미터마다 여행객 숙소를 지어 놓았다. 그 숙소들은 보통 두 채의 오두막집이 서로 마주보고 있으며, 한지붕으로 연결되어 있다. 그것들은 대개 여행객의 짐꾼들이 먹을 식량을 쉽게 구할 있도록 마을 바로 곁에 있다. 그 두 오두막집 주위로는 짐꾼들이 잘 수 있도록 여러 채의 오두막집이 지어져 있다.

의 한복판에 들어선 느낌이 들게 했다.

그 작은 마을을 지나 이곳에 도착하기 직전, 우리는 멋진 도하를 했다. 많은 흑인들이 비탈진 강턱에 서 있었는데, 건너편 강둑에는 또 다른 사람들이 기다리고 있었다. 큰 카누 세 척을 결합해서 도선(渡船)을 만든 다음, 그 세 카누 위에 얹은 판판한 판자 바닥 위로 두 대의 자동차를 실었다. 급물살에도 버틸 수 있도록 와이어로프 하나가 양쪽 강변으로 연결되었으며, 뱃사공들은 그것을 잡고 강을 건넜다.

음발리 폭포가 만일 스위스에 있었다면, 그 주위에는 이미 많은 호텔들이 들어섰을 것이다. 하지만 이곳은 적막감만이 지배하고 있을 뿐이다. 우리가 묵을 한두 채의 오두막집이 전부다. 그것은 이곳의 야생적인 장엄함에 누가 되지 않았다. 이 글을 쓰고 있는 탁자에서 약 50미터 떨어진 지점에 폭포가 있는데, 큰 나무들 사이로 비치는 달빛에 은빛으로 물든 그것은 마치 거대한 수증기의 장막처럼 보인다.

9월 29일, 부알리

야전용 침대에서 처음으로 잠을 잔 저녁. 하지만 어떤 좋은 침대에서 보다 잘 잤다. 태양이 떠오를 무렵, 비스듬한 광선에 황금빛으로 물든 폭포수의 낙하는 참으로 장관이었다. 넓은 초록빛 섬하나가 물길을 두 갈래로 갈라놓아, 폭포는 진정 두 개를 이루고있었다. 그런데 그렇게 갈라진 두 폭포를 한꺼번에 바라볼 수는 없었다. 우리가 처음 바라보며 그 장엄함과 거대함에 감탄해 마지않던 것이 겨우 그 강물 절반에 의해 연출된 것일 뿐이라는 사실을 알았을 때, 우리는 또 한 번 놀라지 않을 수 없었다. 강변으로 다가갈 때 발견할 수 있는, 암석 골짜기 뒤에 숨어 있는 다른한쪽 폭포는 응달에 가려져 있어 마치 풍성한 식물들 속에 반쯤파묻혀 있는 것처럼 보였다. 관목과 식물의 모습은 사실 별로 이국적이지 못했다. 그리하여 폭포 바로 상류에 있는 기근(氣根)의판다누스나무가 많이 보이는 기묘한 모습의 한 섬이 없었다면,우리가 아프리카의 중심부에 와 있다는 사실을 환기시킬 만한 것은 아무것도 없었다.

9월 30일, 방기

보세르 의사와 함께 트레비즈 부인이 떠났다. 그들은 그리마리 지방에서 수면병 치료제 '309 푸르노'의 예방 효과를 실험할 것이다. 랑블랭 총독은 우리에게 2주일 동안의 자동차 여행을 제안했다. 경작지가 많은 이 지역을 우리는 귀향길에 도보로 여행하기로 계획을 잡았었다. 랑블랭 총독은 이곳의 발전상을 더 잘 관찰하기 위해 우리가 수확기 이전에 돌아보았으면 하는 마음이었다. 그 자신은 우리와 동행할 수 없지만, 그의 비서실장 부베 씨에게 부탁하여 이 지역을 잘 안내하고, 마을 사람들의 환대를 받게 해주겠다고 약속했다.

10월 1일

우리가 타고 갈 자동차가 포트 시브트로부터 돌아왔다. 하지만 상태가 좋지 못해 수리를 해야 하는 관계로 오후 여섯 시까지 방기에 머물렀다. 함께 가는 소형 트럭에도 짐이 너무 많아서 우리의 두 보이는 짐들 사이에 그럭저럭 쭈그리고 앉아서 가야 했다. 순식간에 어두워졌지만 우리에게는 헤드라이트가 없었다. 하지만 청명한 하늘에 이내 떠오른 보름달 덕분에 여행을 계속할 수 있었다.

나는 우리의 운전수, 곧 랑블랭 총독이 잘 가르친 그 선량한 모바이 사람의 인내력에 감탄해 마지않았다. 그는 출장에서 막 돌아온 참이어서 무척 피곤한 상태였다. 그런데도 그는 식사도 하지 않은 채 우리와 함께 다시 출발했던 것이다. 우리는 그의 몸을 생각해 중간 숙박지에서 여장을 푸는 것이 어떻겠냐고 여러 번 물어보았다. 하지만 그는 그럴 필요가 없으며, 더 참을 수 있다는 몸짓만을 되풀이할 뿐이었다. 그리하여 자정 무렵, 달빛 아래 신속히 차려진 식탁에서 만족스럽지는 못했지만 포도주를 곁들인 작은 닭 한 마리로 식사를 대신했는데, 재빨리 먹어치운 그 시간 동안만 휴식을 취했을 뿐이다. 새벽 세 시, 기진맥진한 상태로 포트 시브트에 도착했다. 너무 피곤해서 오히려 잠이 오지 않았다.

10월 2일

운좋게도 우리는 포트 시브트에서 한 달에 한 번 서는 장을 구경할 수 있었다. 모여드는 원주민들. 그들은 큰 바구니에 제비집 같기도 하고, 메마른 해초 같기도 한 누르스름한 가는 가죽 끈 형태로 수확된 고무를 이고 왔다(최근, 도로에 인접한 지역은 모두 랑블랑의 주도로 고무나무를 심었다). 자동차를 몰고 온 다섯 명의 상인이 장이 서기를 기다리고 있었다. 그 지역은 불하*된 곳이 아니었다. 그러기에 시장은 여전히 별 장애 없이 섰으며[3], 경매도 행해졌다. 우리는 경매가 어느 틈에 끝나버린 것에 놀랐다. 하지만 그 다섯 명의 상인이 한통속이었다는 사실을 아는 데는 많은 시간이 필요치 않았다. 그들 가운데 한 명이 킬로그램당 7프랑 50상팀을 준다며 수확량 전체를 다 구매해버렸던 것이다. 그

---

* 식민지의 한 지방에 대해 대리판매권을 허가받는 일. 지드는 대회사들인 그 식민지 대리판매 회사들의 횡포에 대해 많은 비판을 가하고 있다. 『콩고 여행』의 이 비판에 뒤이어 의회는 1928년 식민지 대회사 조사 위원회를 발족시켰다.

3) 우리가 뒤에 가서 언급할 그 대리판매 대회사들은 경작 고무에 대해서는 권리가 없다. 다만 원주민이 숲 속에서 수확하는 고무, 즉 근경 고무와 리아나 고무에 대해서만 권리가 있다.

가격은 요즘 3프랑밖에 받지 못하는 원주민들에게는 상당히 비싼 가격이었다. 하지만 그 상인들이 가져가 되파는 킨샤사에서는 얼마 전부터 30~50프랑의 시세를 유지하고 있었다. 꽤 큰 시세 차익을 남길 수 있는 일이었다. 그 상인들은 다음에 어떻게 할까? 원주민과의 경매가 끝나자마자 그들은 그들만의 작은 비밀 사무실로 모인다. 그곳에서는 또 다른 구매자들을 위해 경매가 행해지는데, 원주민은 그 경매에 참여할 수 없으며 경매에서 얻은 차익은 그들 다섯 명이 나누어 챙긴다. 불법이지만 형을 받지 않는 그 지하 경매 앞에서 행정관은 속수무책이다.

그 소상인들은 대부분 젊은 사람들인데, 흔히 일정한 가게도 없이(그러므로 당연히 경상비가 들지 않는다) 모험적이고 일시적인 체류를 할 뿐이다. 그들은 여기에서 빨리 한몫을 잡으려는 확고한 생각을 가지고 온 사람들로, 원주민과 그 지방에 폐를 끼치면서 자신들의 꿈을 이룬다.

포트 시브트에서 그리마리까지는 경치가 단조로웠다. 도로변에는 대부분 고무나무가 심어져 있었다. 4년이 지난 고무나무들은 이미 나뭇가지와 잎사귀가 아름답게 우거져 있었는데, 수액을 짜기 시작하는 것은 그 기간이 지나서야 가능하다. 수액을 짜내는 작업은 꽤 신속하게 이루어지는데, 비스듬히 나무껍질에 길게 칼자국을 내놓기만 하면 된다.

밤바리에서 포트 시브트로 오는 길.

때때로 작은 개천들이 평야를 가로질러 흘렀다. 작은 골짜기 안으로는 서늘함이 느껴지는 좁은 숲길들이 보였다. 아름다운 나비들은 시냇가 양지바른 곳을 떠나지 않았다.

10월 3일, 밤바리

밤바리는 고지에 위치해 있다. 그곳에서는 그 지역이 모두 내려다 보였는데, 어제 저녁에 도선으로 건넌 우아카 강도 식민지 사무소에서 3백 미터 떨어진 곳을 흐르고 있다. 아침, 학교와 보건소 방문. 한 달에 한 번 서는 장날. 우리는 어제 본 그 상인들이 그곳에 또 오지나 않을지, 거기서도 그런 파렴치한 일을 되풀이하지 않을지 확인해 보기 위해 호기심에 차서 장으로 갔다. 하지만 오늘은 무게를 다는 일밖에 하지 않았다. 경매는 내일이란다. 사람들의 말에 의하면, 여기서는 지난 달 킬로그램당 16프랑 50상팀을 주었다고 한다.

10월 5일, 밤바리 시장

이전에 본 7프랑 50상팀에 팔리던 것과 질이 같은 고무가 오늘 경매에서는 18프랑으로 올랐다. '쿠앙고 회사'의 대리인으로 밤바리에 자리 잡은 유력한 상인 브로셰 씨는 부정한 상인들에 대항했다. 그들 가운데 한 명은, 브로셰 씨가 고무를 수매하려는 것을 알고는 경매에서 계속 그보다 높은 가격을 불렀다. 그러자 브로셰 씨가 느닷없이 경매를 포기했다. 가격을 높여 부르던 상인은 당황하기 시작했다. 왜냐하면 자기 지갑에 있는 돈으로는 그 경매 물건을 살 수 없었기 때문이다. 결국 그는 전량을 브로셰 씨에게 더 싼 값으로 되팔지 않을 수 없었다.

10월 8일, 방가수

며칠 동안 노트할 시간이 전혀 없었다. 풍경은 그 사이 달라졌다. 기이한 모양의 원구들이 평원에 변화를 주었다. 돔 모양으로 가 지런히 솟아 있는 둥그스름한 모습들. 부베 씨의 말에 의하면 흰 개미집 자리가 변해서 된 것이라고 했다. 하지만 어떻게 해서 그 런 모양으로 된 것인지 나로서는 잘 이해가 가지 않았다. 그런데 놀랍게도 최근에 만들어진 흰개미집은 이 지방에서 하나도 보이 지 않았다. 그러니 봉분(封墳) 형태의 그 거대한 흰개미집들은 오 래 전에 버려져, 몇 세기를 거쳐 내려오고 있을 법도 하다. 내가 에알라 근처 숲에서 보고 감탄했던, 벽돌처럼 단단한 거의 수직 벽의 그 성당과 성벽들처럼 빗물의 작용에 의해서만 아주 천천히 그것들이 풍화될 수 있었을 것이기 때문이다. 그런 경우가 아니 라면 그것은 다른 종류의 흰개미들의 작품일까? 그것도 아니라 면 그 흰개미집들은 처음부터 그렇게 둥그스름했을까? 그것들 은 모두 이미 오래 전부터 개미가 살고 있지 않다. 왜 그럴까? 작은 집을 짓고 사는 흰개미 종류가 이곳으로 이동해 와 큰 흰개 미들이 살던 이곳을 차지하지 않았나 하는 생각이 든다. 그 봉분 모양의 흰개미집 몇 개가 도로가 뚫리는 바람에 수직으로 잘려져 있었는데, 나는 그 신비로운 내부에서 통로와 방들을 발견할수 있었다. 하지만 어쩔 수 없이 떠나야 했는데, 좀더 자세히 관찰할 여유를 주지 않은 자동차를 탓할 수밖에 없었다.

6일. 우리는 모바이에서 20킬로미터 못 미친 숙소에 여장을 풀었다. 모바이에 밤에 도착하고 싶지 않았기 때문이다.

무사뢰 마을의 여행객 숙소 마당에서 벌어진 얼이 빠지게 하는 북춤(탐탐). 춤은 처음에는 우리의 보이들이 비쳐준 반사경 달린 램프 불빛 앞에서, 이어 보름달 아래서 계속되었다. 연달아 이어지는 감동적인 가락들은 무용수들의 열정과 악마적인 광란을 리드미컬하게 만들기도 하고 더욱 북돋우기도 하며, 반면 완화시키기도 했다. 나는 그처럼 얼이 달아나게 만드는 원시적인 춤을 본적이 없다. 일종의 교향악인 아이들의 합창에 이어 독창이 이어졌다. 독창곡의 작은 악절이 끝날 때마다 합창이 다시 이어졌다. 하지만 아쉽게도 우리에게는 시간이 많지 않았다. 날이 새기 전에 출발해야 했다.

7일. 우리는 새벽에 숙소를 떠났다. 두세 달 뒤 사르로부터 돌아오는 길에 다시 들를 수 있으리라는 희망을 품고서 말이다. 은빛여명이 달빛을 몰아내고 있었다. 지형은 기복이 심해졌다. 100~150미터의 바위 구릉들이 도로를 내려다보고 있었다. 10시경 모바이에 도착했다.

강둑의 여행객 숙소는 강물을 굽어보며 근사하게 자리 잡고 있었다. 우방기 강 상류 쪽으로는 물살이 빨랐는데, 최고 수위 때는 범람하여 벨기에령 강변의—종려나무들에 뒤덮인—작은 한 매력적인 어촌을 거의 물 속에 잠기게 한단다.

카카벨리 의사가 그의 무료 진료소를 구경시켜 주었다. 환자들은 때로 아주 먼 곳에서도 오는데, 그들은 이 나라에서 자주 발생하는 생식기 부위의 상피병 수술을 받기 위해 온다. 의사는 수술할 몇몇 환자의 흉측한 부위를 보여주었다. 환자의 생식기 아래 달려 있는 거대한 혹 같은 것이 정말 어떻게 될지 우리는 망연자실하고 있었다. 놀라는 우리를 본 카카벨리 의사는 방금 전에 본 것들은 겨우 3, 40킬로그램을 넘지 않은 것들이라고 했다. 그가 제거 수술을 하는 그 비대한 결체조직덩어리는 때론, 그의 말을 믿자면 70킬로그램에 달하는 것도 있다고 한다. 그는 82킬로그램이나 나가는 것까지 수술해 보았다고 말했다. "그런데도 그 사람들은 수술을 받기 위해 15~20킬로미터나 되는 거리를 용케도 걸어옵니다"라고 그는 덧붙였다. 나는 고개를 끄덕이기는 했지만 믿어지지 않았다.

오늘 아침에 본 앳된 환자 한 명은 혼자서 수술을 하려 했다. 고름이 들어 있는 줄로만 생각한 그는 그것을 짜내기 위해 그 혹 주머니를 칼로 갈랐다고 한다.

"안에 든 내용물 말입니까? 한번 보시겠습니까?"

카카벨리 의사는 우리를 데리고 수술대 가까이로 갔다. 그리고 수술대 옆에 놓인 나무통을 열어 보여주었는데, 그 안에는 희끄

무례하게 피가 섞인 엉긴 우유 같은 내용물이 가득 들어 있었다. 오늘 첫 수술에서 나온 것이 그 정도라는 말도 빠트리지 않았다. 또 수술이 어렵지 않아 엄청난 양의 결체조직 속에 생식기가 파묻혀 있음에도 불구하고 전혀 손상을 주지 않기에 환자의 생식능력을 해치지는 않는다고 했다. 그처럼 그는 3년 동안 236명의 불구자에게 생식능력을 회복시켜주고 있었다.

"자, 237번째 환자! 들어오시오."

우리는 식욕이 다 달아나버릴까 두려워 황급히 그곳을 떠났다.

점심을 먹은 뒤 곧장 포룸발라로 출발했다. 기복이 심한 고장이지만 그렇게 매력적인 곳은 아니었다. 지나는 길에 본 주민들은 지저분했다. 몇 마리 뿔닭이 자동차를 보고 부리나케 달아났다. 다섯 시경 포룸발라에 도착. 고토 강변 아름다운 곳에 위치한 식민지 사무소.[4] 이 사무소에도 근무자가 없다. 멋진 나무 몇 그루. 여행객 숙소 앞 그늘진 광장에 학생들. 원주민 교사의 지도 아래 체조 연습. 이어 즐겁게 축구를 했다. 우리도 끼어들었다. 오렌지가 볼을 대신했다. 아이들은 모두 프랑스어를 조금 할 줄 알았다. 그 아이들로부터 떨어진 응달진 곳에 혼자 있는 한 아이. 나는 그 아이를 불렀다. 그 아이가 다가오자 다른 아이들은 이내 달아났다. 문둥병에 걸린 아이였다. 자기 마을에서 쫓겨나 사흘이나 걸어 이곳에 온 그 아이는 아는 사람이 아무도 없었다. 마르

---

4) 우방기 샤리 권역의 식민지에는 이런 사무소가 31곳이 있는데, 그중 22곳이 근무자 없이 비어 있다.

는 한 원주민 여인에게 일주일치 먹을 것을 주면서 그 아이를 돌보아 줄 것을 부탁했다. 우리는 그녀가 약속을 지켰는지를 보기 위해 이곳을 다시 지날 것이다. 슬픈 일이다. 병이 치유되지 않는 한 그 우울한 목숨을 연장해서 무슨 소용이 있을 것인가……

8일. 포룸발라를 출발. 도시 맞은 편, 범람한 고토 강을 작은 배로 건넜다. 꽤 넓은 목화밭을 가르는, 프랑스의 경작지처럼 네모반듯하게 잘 정리된 카사바 밭. 콜로신트처럼 타조알만한 동그란 호리병박들이 여기저기 흙 위에 열려 있었다.

방가수에 가까워지면서 정말 기묘한 머리모양을 한 원주민들을 만나기 시작했다. 머리 한쪽 면은 면도로 밀고, 다른 한쪽 면은 위로 솟아 앞쪽으로 늘어진 작은 머리 타래로 덮여 있었다. 그들은 술타나족의 아주 흥미로운 부족 가운데 하나인 느자카라 부족민들이었다.

10월 8일, 방가수

나는 우리가 묵고 있는 아프리카 전통가옥의 베란다에서 이 글을 쓰고 있다. 방가수는 내게 좀 실망스럽다. 이곳은 군대가 주둔했던 것 같은데, 그로 인해 이곳만의 특징을 많이 잃었다. 재수 없는 날. 아침부터 이 하나가 부러졌다. 발을 물어 큰 통증을 주던 굉장히 큰 모래벼룩 한 마리를 떼어냈다. 아팠다.

머리가 아프다. 부베 씨를 따라 미국인 선교사를 방문했는데, 몹시 피곤하다. 게다가 기아나 출신의 그곳 기관장인 에부에 씨 집에서 오래도록 점심 식사를 했다. 내가 일주일 전부터 공부하기 시작한 상고어 문법서 저자이기도 한 그는 실력이 뛰어난 사람으로 친절했다. …… 두통이 더 심해지고 한기까지 느껴진다. 발열이다. 곧 대단한 돌풍을 몰고 올 북춤을 마르 혼자 보러가라고 하고 들어가 자야겠다.

10월 10일

아프던 머리도 다 나아, 나는 다시 라파이로 향하는 긴 여정에 뛰어들 수 있었다. 이 여정을 포기했다면 섭섭했을 것 같다. 라파이는 우방기 샤리 권역에서 아직도 술탄이 통치하고 있는 마지막 지역이다. 에트망(그는 1909년에 술탄이 되었다)을 끝으로 술탄의 치세는 막을 내릴 것이다. 프랑스는 그에게 명목상의 통치권과 관저를 남겨주었다. 그는 공격적이지 않았기 때문이다. 그는 웃으면서 현실을 현실로 받아들였으며, 그의 아들 누구에게도 왕위를 이양하겠다고 주장하지 않았다. 프랑스령 적도 아프리카 정부는 그에게 아름다운 오페레타 유니폼을 제작해 주었는데, 그는 그것을 기꺼이 입고 있는 것 같았다. 그의 아들 가운데, 위쪽으로 세 명은 다카르(촌장 및 유력한 원주민의 아들들은 미래의 지휘권에 대비하여 그곳에서 프랑스식 교육을 받는다) 앞바다에 있는 고레 섬에 1년 동안 유학했다. 그 가운데 한 명은 현재 방기에 있으며, 둘째 아들은 음반다카에 주둔하고 있는 군부대에서 복무하고 있었다. 스무 살이 채 안 된 셋째 아들은 이곳 라파이로 돌아와 아버지 곁에 머물고 있었다. 키가 크지만 내성적인 그는 우리를 찾아와 악수를 나눈 뒤 돌아갔다. 술탄의 관저는 여행객 숙소 (식민지 사무소)가 있는 맞은편 언덕에 위치하고 있었다. 우리는 숙소에 도착하여 두 시간이 지난 뒤 자동차로 그 관저를 찾았다 (술탄은 우리가 도착하기 전, 이미 우리의 숙소로 찾아와 잠시 테라스에 앉아 있다가 돌아갔다고 했다). 술탄의 관저가 있는 그 언덕에는 커다란 광장이 하나 있었는데, 사람들은 길 한쪽으로 줄지어 서서 우리를 환영했다. 이어 이슬람 사원 같은 술탄의 관저로 들어갔는데, 그의 친지들이 우리를 기다리고 있었다.

10월 11일

술탄은 그의 식솔 전원과 평상시의 수행원을 대동하고 우리에게 작별 인사를 하러 왔다. 전락한 조정의 초라한 모습이었다. 조정의 영화를 상징하는 마지막 잔존자들인 몇몇 플루트 연주자의 옷차림은 마치 가장 행렬에서 막 돌아온 사람들 같았다. 수직으로 생긴 플루트들은 긴 털로 된 두 개의 띠로 장식이 되어 있었는데, 악기를 불자 그 털들이 꽃부리처럼 피어올랐다.

라파이 사무소 역시 근무 인원 부족으로 반 년 전부터 버려져 있어 황폐했다. 방들은 누추하며, 넓고 쾌적한 건물임에도 불구하고 말할 수 없이 지저분한 쓰레기, 망가진 도구, 벌레 먹고 깨진 가구들이 두껍게 먼지로 뒤덮인 채 나뒹굴고 있었다. 표범만 없다면 베란다 밑에서 자도 되리라. 사람들 말에 의하면 표범들은 마을까지 내려오는 것을 두려워하지 않으며, 얼마 전에는 이 사무소에서 50미터 떨어진 곳에 있는 어느 오두막집의 주인을 잡아먹었다고 한다.

하지만 우리는 아쉬운 마음으로 라파이를 떠나야 할 것이다. 정원이 길게 늘어져 있는 사무소의 테라스는 쉰코 강의 장엄한 강물을 내려다보고 있는데, 아주 아름답다. 우앙고 사무소의 테라스보다 이 사무소의 테라스가 더 아름다운 것 같다.

10월 12일

방기로 돌아가기 위해 라파이를 출발[5], 방가수를 거쳐 포룸발라에서 하룻밤을 묵었다. 자동차를 세차해야 했기 때문이다. 숙소는 쾌적했다. 하지만 주민은 지나치게 더러웠다. 발이 아파서 신발을 신지 못했다. 앉아 있을 수밖에 없어 『밸런트래 명인』을 읽었다.

마르가 일주일분의 양식을 주며 부탁했던 그 어린 고아 문둥병 환자(하지만 그 부인은 약속을 지키지 않았다). 병 때문에 모두에게 버림받은 그 어린 고아 문둥병 환자…… 나는 이제까지 그처럼 비참한 피조물을 본 적이 없다.

....
5) 라파이에서 자동차 도로는 끝이 난다. 동쪽으로 더 가면 제미오가 나오는데, 그 동쪽으로는 앵글로 이집트·수단이, 남쪽으로는 음보무 강이 경계를 이루는 벨기에령 콩고가 있다.
우리가 애초에 마음먹었던 여정은 사르까지 간 다음 그곳으로부터 돌아오면서 제미오와 벨기에령 콩고의 숲을 지나, 대호수 지역을 거쳐 동아프리카로 향하는 것이었다. 나의 친구 마르셀 드 코페가 갑자기 차드 대리총독에 임명되어 급히 은자메나로 가야 하는 바람에 그를 따라 차드 호수까지 가게 되었는데, 그러지 않았더라면 우리는 물론 처음에 생각한 그 여정을 따랐을 것이다.
랑블랭 총독의 호의로 동쪽을 바삐 돌아본 것은 잠시 맛보기에 불과한 것이었다. 많은 것을 희망할 수 없고, 더 이상 많은 여행을 계획할 수 없는 이 나이이기에 동부 아프리카를 다시 돌아보지 못한 것이 못내 아쉽기만 하다.

10월 13일, 밤바리

포룸발라에서부터 우리가 점심을 먹은 알린다오에 다다르기까지, 그 어린 문둥병 환자에 대한 생각이 머릿속에서 떠나지 않았다. 그의 목소리로부터 이미 먼 곳에 있음에도 불구하고 가냘픈 그의 목소리가 계속해서 들려오는 듯했다.

　해질 무렵에 겨우 밤바리에 도착. 우리의 포드 차로 열 시간이 걸린 것이다. 도중에 끊임없이 일어났던 자잘한 사고와 여러 번의 고장들. 건너던 다리가 무너져 내렸는데도 어떻게 우리가 강물 속으로 곤두박질치지 않았는지 도무지 알다가도 모를 일이다.

10월 14일, 밤바리

아침, 일어나자마자 곧 다크파 춤[6]이 있었다. 머리끝에서부터 발끝까지 하얗게 분칠을 한 여덟에서 열세 살 정도 되어 보이는 스물여덟 명의 무용수. 그들은 사십여 개의 검붉은 투창 모양의 장식이 비죽비죽 솟아있는 투구 같은 모자를 쓰고 있었다. 이마에는 작은 금속 고리가 달린 술장식. 각자의 손에는 등나무를 줄로 엮어 만든 채찍 한 개. 그리고 몇몇 무용수는 검붉은 색의 바둑판 무늬의 분장을 눈 주위에 하고 있었다. 그 환상적이고 괴상한 옷차림은 라피아 야자 줄기로 만든 짧은 치마로 마무리되었다. 그들은 일렬로 뒤를 이어 길이가 다른(30센티미터~150센티미터) 스물세 개의 나무 나팔, 혹은 흙으로 만든 나팔 소리에 맞춰 엄숙하게 춤을 추었다. 각 나팔은 하나의 음밖에 낼 수 없다. 나이가 더 든 열두 명이 한 패가 된 무용수들(그들은 아주 검게 칠했다)

---

6) 영화 「미션 시트로엥」에서 아주 멋지게 공연되는 것을 볼 수 있는 바로 그 춤이다. 영화에서는 '할례 춤'이라고 소개되고 있다. 처음에는 어떤 의식적인 의미가 있었겠지만, 밤바리 북부에서는 1909년부터 여행객들이 주문하면 마을, 더 정확히 말하면 바위틈 동굴에 사는 주민들이 내려와 보수를 받고 공연을 해주고 있다.

은 반대 방향으로 나아가며 춤을 추었다. 곧 열두 명의 여인이 다시 춤에 합류했다. 각 무용수는 발작적인 걸음걸이로 조금씩 앞으로 나아갔는데, 그 결과 발목에 낀 고리들 부딪치는 소리가 요란하게 울렸다. 사냥 나팔을 든 무용수들이 다시 원형을 이루었다. 한 늙은 부인이 그 원형 가운데에서 검은 갈기털 뭉치로 박자를 맞추었다. 그녀의 발치에는 악마 같은 거대한 흑인 한 명이 사냥 나팔을 계속 불면서 경련에 사로잡힌 듯 몸을 비틀어 꼬고 있었다. 그 몸놀림으로 이는 흙먼지. 소동은 귀를 찢는 듯 했다. 크게 울려대는 사냥 나팔 소리를 압도하며——하얗게 분칠을 한 어린 무용수들만을 빼고——구성원 모두가 쉴 새 없이 기묘한 노래를 목이 터져라 불러댔기 때문이다.

두 시경, 모루바를 향해 출발. 좋은 날씨였다. 주민들은 아름다웠으며 피부도 물론 청결하고 건강했다. 아주 아름다운 마을. 외부를 장식하는 그림들, 즉 사람과 동물과 자동차에 대한 간략하지만 때론 우아한 묘사, 다시 말하면 검정, 빨강, 하양으로 그려진 일종의 간단한 벽화들이 없다면 둥근 오두막집들은 모두가 엇비슷하게 보였을 것이다. 그 장식들은 오두막집의 낭하를 덮을 수 있도록 처마를 여유 있게 늘인 초가집 지붕에 의해 보호되고 있었다.

도로 양편에는, 금빛 도는 큰 은색 귀리와 닮은 아름다운 포아과 식물들이 자라고 있었다.

가시밭 무성한 길을 지나던 도중 뜻밖에도 랑블랭 총독을 만났는데 정말 감동적이었다.

한 시간이 지났을까. 모루바에서 20킬로미터 정도 못 미친 마을에서 우리는 다시 조금 전 예방주사를 놓아준 원주민들을 정신없이 관찰하고 있는 트레비즈 부인과 보세르 의사도 만났다.

10월 15일

모루바에서 취침.

어제, 랑블랭 씨는 우리에게 포트 시브트로 질러 가지 말고 포트 크람펠까지 올라가볼 것을 권했다.

음브레와 포트 크람펠 사이에서 비비 떼를 만났다. 가까이 다가가도 그것들은 아무 반응을 보이지 않았다. 몇 마리는 엄청나게 컸다.

꽤 아름답지만 가난한 마을들. 그 마을들 가운데 한 곳에서는 60여 명의 여인들이 노래를 부르면서 고무나무 근경들을 빻고 있었다. 끝없는 작업. 그에 반해 너무도 형편없는 보수.

해질 무렵, 우리는 포트 크람펠에서 갑작스럽게 엄청난 회오리바람을 만났는데, 그 선풍에 약한 고무나무들이 큰 피해를 입었다. 들녘에는 고무나무 가지들이 어지럽게 날아다녔는데, 여행객 숙소 바로 주위, 특히 우리가 거처하는 방과 저녁 식사를 초대한 행정관 그리보 씨의 거처 사이가 더 대단했다. 회오리바람은 그 식사를 마치고 돌아오는 길에 일어났는데, 너무도 강력해서 한편으로는 그리프트의 영화에서처럼 바람에 휩쓸리며, 다른 한편으로는 번개와 소나기에 의해 시야가 가로막혀 마르와 나는 일거에 이산가족이 되어버렸다. 흠뻑 젖은 채 숙소로 돌아와서야 우리는 다시 만날 수 있었다.

그들의 아베셰 고향 친구들을 만난 아둠과 우트망은 우리가 돌아오자 저녁 외출을 요구했다. 우리가 허락하자 그들은 나나 강 반대편 강변의 한 아랍인 마을로 술판을 벌이러 달려갔다. 우리는 어제 저녁 그들이 돌아오는 소리를 듣지 못했다. 그런데 그들은 어느새 새벽에 일어나 빵을 굽고 우리의 옷을 다리는 등 그들의 임무를 차질 없이 수행했다.

10월 17일

네 시에 기상. 출발*하기 위해서는 여명을 기다려야 했다. 나는 날이 새기 전에 출발하는 것을 좋아한다! 하지만 이 지역에서는, 그런 출발이 주는──고생에서 오는──어떤 고결함과 극도의 환희 같은 것(나는 사막에서 경험한 바 있다)을 느끼지 못한다.

　열한 시경 방기에 도착.

---

*포트 시브트를 출발. 전날 이곳에 도착했다.

4 방기에서 놀라에 이르는 방대한 숲

"우리가 바라는 것은 일상적인 길을 벗어나
사람들이 쉽게 보지 못하는 것들을 보는 것이며,
각 지역 속으로 깊숙이 들어가 보는 것이다.
나의 이성은 가끔 내게 그런 가시덤불 무성한 지역과
모험 속으로 뛰어들기에는 너무 늙었다는 말을 하곤 한다.
하지만 나는 그렇게 생각하지 않는다."

10월 18일

오전에는 안개 낀 날씨였다. 비는 오지 않지만 하늘에는 구름이 잔뜩 끼어 있다. 회색 천지. 마르는 내게 이렇게 이야기했다.

"프랑스에서보다는 그래도 덜 우중충해요."

프랑스의 이런 날씨는 당신의 마음을 명상과 독서와 공부로 향하게 하지만, 이곳에서는 추억으로 이끈다.

콩고에 대한 상상이 너무 강렬했기에 후에 그런 상상 속의 이미지가 현실의 추억을 압도하지나 않을지. 예를 들면, 방기를 현실의 모습 그대로 회상하게 될지, 아니면 내가 처음에 상상했던 모습대로 다시 떠올리게 될지 의심이 된다.

정신이 아무리 노력한다고 해도, 사물의 매력에 황홀한 야릇함을 더해주는 그 천만 뜻밖이 가져다주는 감동을 자아내지는 못한다. 바깥 세계의 아름다움에는 변함이 없건만, 더 이상 순결한 시선으로 바라볼 수가 없다.

닷새 뒤면 마침내 방기를 떠나게 되는데, 그때부터 진정한 여행은 시작되리라. 마르셀 드 코페가 기다리고 있는 사르까지 가는 일은 그리 어렵지 않다. 지름길을 택하면 훨씬 더 빨리 갈 수도 있다. 하지만 그 지름길은 우편물과 용무가 바쁜 사람들이 이용하는 길이다. 바탕가포까지 자동차로 이틀, 이어 배로 4, 5일이면 도착하기 때문이다. 우방기 분지를 떠나 바탕가포에서 차드 호수로 흘러드는 강을 타고 가면 된다. 그냥 몸만 맡기면 되는 쉬운 길이다. 하지만 우리가 원하는 것은 그런 여정이 아니다. 더군다나 우리는 바쁘지도 않다. 바라는 것은 일상적인 길을 벗어나 사람들이 쉽게 보지 못하는 것들을 보는 것이며, 각 지역 속으로 깊숙이 들어가 보는 것이다. 나의 이성은 가끔 내게 그런 가시덤불 무성한 지역과 모험 속으로 뛰어들기에는 너무 늙었다는 말을 하곤 한다. 하지만 나는 그렇게 생각하지 않는다.

10월 21일

음바이키까지 자동차로 숲을 횡단한 멋진 하루. 자동차는 사물을 너무 빨리 지나친다. 며칠 후 다시 지나겠지만, 이 코스는 걸어서 여행해 보아도 좋을 만한 곳이다. 음바이키 주변 숲의 나무들은 크기가 대단했다. 어떤 케이폭나무들은 어마어마하게 넓은 밑동[1]을 가지고 있었다. 그 큰 나무들은 마치 드레스의 주름 같았으며, 행진을 하고 있는 것 같기도 했다.

쓰러져 있는 케이폭나무의 반쯤 썩은 껍질을 벗겨보니 굵직한 초시류 유충들이 수없이 발견되었다. 원주민들은 그것을 말린 뒤 훈제하여 양식으로 이용하는 것 같다.

음바이키에 있는 '산림회사' 지사장 M. B. 씨를 방문했다. 우리는 그 회사 사무실 건물의 베란다에 차려진 식탁에서 여러 종

---

1) 잘 모르는 사람들을 위해 설명을 좀 덧붙이자면, 그것은 나무 아래쪽 넓직한 부분을 말하는데, 뿌리를 보완하여 나무가 쓰러지지 않도록 돕는다. 50미터나 되는 나무들도 있기에 어떤 것들에는 땅에서 10미터 되는 지점까지 그 밑동이 있기도 한다. 또한 어떤 나무들, 특히 양산 모양의 나무들은 그 밑동 대신 기근(氣根)이 있어 나무의 받침이 되어주기도 한다. 리아나 식물의 줄기들은 나무들과 그 나무들에 인접한 덤불들을 서로 튼튼히 엮어줌으로써 회오리바람으로부터 그것들을 보호해준다. 그러므로 그런 숲은 서로에게 협력적인 관계로 상부상조하고 있는 것이다.

류의 술병을 보았는데, 두 명의 가톨릭 선교사가 앉아 있었다.

그 대회사들의 지사 사원들은 얼마나 친절하고 상냥하게 대하는가! 행정관들이 그런 과도한 친절을 거절하지 못할 경우, 그 사원들에게 어떻게 'No'라고 말할 수 있을지? 그들이 범하는 이런 저런 과오들에 대해서, 나아가 원주민에 대한 심한 수탈과 착취에 대해서 어떻게 도움의 손길을 내밀지 않을 수 있으며, 설령 그 정도까지는 아닐지라도 어떻게 모른 척 눈을 감아주지 않을 수 있겠는가?

음바이키 주변 마을들의 오두막집들은 우리가 술타나 지역에서 본 오두막집들과는 매우 다르다. 훨씬 덜 아름다우며, 덜 깨끗하다. 자주 불결하기까지 하다. 그 점은 우리가 이미 우방기 샤리 권역에 있지 않음을 느끼게 했다. 우방기 샤리 권역의 총독 랑블랭 씨는 관청에서 택한 아주 독특한 형식으로 원주민들에게 그들의 전통가옥을 개조할 것을 요구하고 있다. 어떤 사람들은 그 불쾌한 요구에 항의하기도 하며, 자신들의 취향대로 가옥을 짓고 살도록 내버려 두기를 바란다. 하지만 랑블랭 씨가 옳았음이 드러나고 있다. 지붕이 낮은데다 길게 한 줄로 다닥다닥 붙어 있는 그 가옥들은 우리가 사는 곳에서 볼 수 있는 그 끔찍한 광부촌을 연상시키기 때문이다.

10월 26일, 방기

부산한 출발 준비. 서른네 개의 작은 트렁크는 사르로 곧바로 보냈다. 그리고 우리가 가지고 가야할 짐은 두 대의 소형 트럭에 실었다. 아둠은 우리와 함께 포드 차에 탔다. 세 시에 방기를 출발했는데, 밤이 되었지만 우리는 아직 숲 속 한가운데를 달리고 있었다. 달빛은 있었지만 길을 분간하기 힘들었다.

음바이키의 행정관인 베르고 씨 집에서 유쾌하게 저녁 식사를 했다.

10월 27일

침울하기 이를데 없는 보다의 행정관 파샤와, 곧 파리로 돌아갈 카르노의 행정관 블로 씨와 식사를 했다. 파샤는 웃음이 없었다. 아마 환자임에 틀림없으리라.

세 시경 보다를 출발. 지나는 마을들에는 노인과 아녀자들만 보였다.

완만하게 오르막이던 길이 갑자기 내리막이 되었다. 밑으로는 방대하게 펼쳐진 숲이 시야에 들어왔다. 응고토에 도착했을 때는 완전히 밤이었다.

응고토는 고지 위에 자리 잡고 있다. 단일한 지층 습곡이지만 꽤 넓은 지역을 조망한다. '산림회사'는 이곳에도 숙소를 하나 두고 있다. 비어 있지만, 잠시 체류하는 데는 무리가 없을 것이라고 직원들이 말해주었다. 그렇지만 이곳 풍경에 좀 실망한데다 그 회사에는 조금이라도 신세를 지고 싶은 생각이 없다. 다시 출발하고 싶은 생각밖에 없다. 하지만 휘발유와 윤활유가 충분하지 못할 것 같다. 베르고 씨가 도중에 주유소가 있을 것이라고 해서

안심하고 왔는데, 보다에도 응고토에도 주유소는 없었다. 두 대의 차를 포기할 수밖에 없었다. 우리를 라파이까지 태워다 준 적이 있는 랑블랭의 운전수인 그 모바이 사람이 우리와 우리의 요리사 제제, 그리고 침구류를 먼저 트럭으로 자동차 길이 끊기는 데까지 실어다 주기로 했다. 그런 뒤, 음바이키로 다시 돌아가 휘발유와 윤활유를 구입하여 이곳에 정차해 둘 다른 두 대의 차량에 공급한 뒤 함께 돌아가는 걸로 이야기가 되었다. 우리의 두 보이는 이곳에서 모집한 예순 명의 짐꾼들과 함께 여섯 시경 먼저 출발할 것이다. 자동차 길이 끊기는 '그랑 마리고'*에서 일단 합류한 뒤, 두 그룹으로 나뉘어 다시 출발, 밤을 새워 걸어 이튿날 정오 밤비오에서 최종적으로 합류할 것이다. 진정한 여행이 시작되는 것은 바로 그곳에서부터이리라.

　4개월 전부터 이곳에 체류하고 있는 대수렵가 가롱 씨의 초대로 저녁 식사를 함께 했다. 사냥[2]으로 별로 재미를 보지 못한 그는 떠날 생각을 하고 있었으며, 권태로워 어찌할 바를 모르고 있었다.

---

* 서아프리카 적도 지방에서 볼 수 있는 것으로, 강줄기 끝이 땅속으로 잠겨버리는 강을 말한다. 우각호(牛角湖)라고도 한다.
2) 이 지역에서 사냥이라 하면 그저 코끼리 사냥을 의미한다. 어떤 지역에서 담배를 피우는 일이 곧 아편을 피우는 것을 의미하듯 말이다.

10월 28일

새벽 두 시경에 찾아온 이 지역의 유력한 촌장 가운데 한 명인 삼바 응고토는 내게 두 시간 이상을 증언*해주었다. 비는 계속 내렸다. 회오리바람이 몰고 가는 지나가는 비가 아니었다. 하늘에는 구름이 두텁게 덮여 있었다. 소나기는 오랫동안 계속될 것 같았지만 우리는 두 시경 출발을 감행했다. 나는 운전수 옆자리에 앉았다. 마르와 제제는 침구류 위에 그럭저럭 몸을 실을 수 있었는데, 짐 덮는 방수포 밑에서 숨이 막힐 지경이었을 것이다. 도로가 질컥질컥해서 천천히 갈 수밖에 없었다. 모랫길을 지나갈 때와 마찬가지로 조금만 오르막이어도 우리는 내려서 비를 맞으며 걸어야 했고, 진창에 빠질 때 역시 내려서 차를 밀어야 했다.

삼바 응고토의 증언과 가룽이 해준 이야기에 대한 생각에 너무 가슴이 메어, 도로 보수에 동원된 한 무리의 여인들과 마주쳤지

---

*보다의 행정관 파샤의 관할지인 보뎀베레(보다와 응고토 사이에 위치한 마을)에서 일어난 원주민 학살 사건에 대한 증언을 말한다. 카르노로 향하는 길 주변으로 이주하라는 식민지 관청의 명령에 자신들이 이미 일구어 놓은 경작지를 두고 떠나기를 거부한 그 마을 주민들은 행정관의 명령에 불복했다. 이에 중사 옘바는 세 명의 수비대를 이끌고 가 주민 서른세 명을 무차별 살해했다.

만 그들에게 미소를 지어줄 마음의 여유조차 없었다. 짐승 대접을 받고 있는 그 불쌍한 여인들은 소나기에 흠뻑 젖어 있었다. 여인들은 대개 작업을 하면서 아이에게 젖을 먹이고 있었다. 길가로는 약 20미터 간격으로 깊이 3미터 가량의 널찍한 구덩이들이 있었는데, 바로 그 안에서 그 비참한 여인들은 길을 돋우기 위한 사토를 퍼올리고 있었다. 적절한 도구라고는 하나도 없었다. 흙은 단단하지 못해, 구덩이가 무너져 내리는 바람에 안에서 일하고 있던 여인들이 아이와 함께 파묻히는 일이 한두 번이 아니라는 이야기를 여러 사람들로부터 들었다.[3] 대부분 자기 집에서 너무 먼 곳에서 부역을 하고 있었기 때문에 밤이 되어도 돌아갈 수 없어 그들은 나뭇가지와 갈대로 엮은 집에서 지냈다. 하지만 숲 속에 임시로 대충 지어놓은 것이기에 비가 오면 거의 속수무책이었다. 우리는, 우리가 지나갈 수 있도록 얼마 전 폭풍우에 망가진 길을 복구하기 위해 민병대원들이 그 여인들을 감시하며 밤낮으로 작업을 시켰다는 사실을 알게 되었다.

자동차 길이 끝나는 그랑 마리고에 도착했을 때, 먼저 도착한 짐꾼들이 우리를 기다리고 있었다. 우리의 두 보이는 밤비오에서 다시 합류하기로 하고 일부 짐꾼들을 데리고 먼저 출발했다.

----

3) 다음 사실을 꼭 적어두어야겠다. 즉, 길을 내기가 특히 어려운데다 (토양의 성질 때문에) 작업 중 많은 인명을 앗아간 이 도로는 산림회사 지사장과 행정관 파샤가 한 달에 한 번 자동차를 몰고 가며 이용할 뿐인데, 밤비오 시장에 가기 위해서란다.

두 시다. 비는 그쳤다. 우리는 식은 닭 한 마리로 대충 끼니를 때우고 다시 출발할 것이다. 밤비오까지는 겨우 10킬로미터. 어렵지 않게 갈 수 있을 것 같다. 가능하면 가마[4]를 타지 않을 생각이다. 걷는 것이 좋기도 하거니와 가마꾼들이 불쌍하기 때문이다.

그랑 마리고는 감탄을 자아낼 만한 곳이었다. 이 지방에서 이토록 아름다운 곳을 본 적이 없다. 500미터 정도를 가자 강물이 우리를 가로막았다. 보이지 않는 곳에서 들려오는 새 울음소리가 신비로운 정적을 깨어놓곤 했다. 수많은 작은 종려나무들이 흐르는 물 속으로 기울어 잎을 적시고 있었다. 우리는 카누로 음바에레 강을 건넜다. 건너편 강둑은 숲이 우거져 있어 훨씬 더 매력적으로 보였다. 숲 속을 가로지르는 많은 개울은 말뚝을 박아 세운 나무다리들로 연결되어 있었다. 이윽고 보이기 시작하는 몇 종류의 꽃. 접시꽃 빛깔의 봉선화, 그리고 노르망디 지방의 분홍바늘꽃을 떠올리게 하는 이름 모를 꽃들. 황홀함과 형언할 수 없는 어

----

4) 이 가마는, 얼른 생각할 수 있는 가마, 즉 대나무 가지 두 개에 걸려 있는 그런 의자가 아니라 엄청나게 큰 종려나무 가지 두 개에 걸려 있는 의자다. 네 명이 어깨에 멜 수 있도록 되어 있는데, 두 명은 앞에서 다른 두 명은 뒤에서 멘다. 그 종려나무 가지의 길이까지는 재보지 않았지만, 네 명의 가마꾼이 넉넉히 공간을 두고 걸어가자면 그 길이가 어느 정도인가는 대충 짐작할 수 있을 것이다. 종려나무 가지 두께는 보물따먹기 놀이에 사용되는 그 장대 두께를 생각하면 될 것이다. 그만한 두께의 종려나무를 숲에서 한번 찾아보았지만 허사였다. 그 등받이 의자 위에는 나뭇가지를 이용하여 활모양으로 만든 지붕이 있는데, 돗자리로 덮여져 있다. 그것은 햇볕을 막아주는 구실을 하지만 밖을 내다보는 데 방해가 되며, 균형이 제대로 잡혀있지 않을 경우 가마 전체를 옆으로 기울게도 한다. 때로는 탄 사람을 답답하게 눌러 아주 불편하기도 하다.
체체파리와 수면병 때문에, 아프리카의 이 지방에는 말이 없다.

떤 흥분 상태에서 천천히 나아갔다(물론 이처럼 아름다운 곳이 또 없을 거라고는 생각하지 않았다). 아! 그곳에 잠시만이라도 더 머물 수 있다면! 동물들을 다 쫓아버리는 짐꾼들을 떨치고 그곳에 다시 갈 수 있다면……. 이렇게 계속해서 일행을 대동하고 가는 일은 때론 귀찮고 참을 수 없는 일이기도 하다. 고독을 만끽하며 숲과 더 은밀한 대화를 나누고 싶다. 하지만 걸음을 재촉하여 황급히 모습을 감춰 짐꾼들을 따돌려 보려고 애를 쓸 때마다, 그들은 어느새 빠른 걸음으로 다시 나에게 따라붙는다. 나는 화가 나서 그들을 멈춰 세우고는 땅 위에 줄을 그으면서 내가 앞질러 가 휘파람을 불면 그 선을 넘어오도록 열심히 설명도 해보았지만, 15분 정도를 걷다가 이내 다시 그 자리로 돌아와야 했다. 내 말을 이해하지 못한 그들이 내 휘파람 소리에도 아예 움직이지 않았기 때문이다.

밤비오에 도착하기 직전 숲은 끝이 났다. 아니, 거기서부터는 임간지(林間地)이리라. 웅성거리는 소리를 뚫고 들려오는 노랫소리. 마을이 지척에 있음을 말한다. 아녀자들이 우리를 마중하러 달려온다. 우리는 부동자세로 줄지어 선 몇몇 어른들과 악수를 나눈다. 우리는 흥분된 마음에 먼저 도착한 짐꾼들과도 악수를 나누는 실수를 범했다. 순시중인 장관들이나 할 듯한 인사와 악수, 그리고 미소로 위엄 있는 주요 인사인 양 우리는 행동한다. 동물 가죽으로 이상하게 옷을 만들어 걸친 원기왕성한 한 흑인이 목에 걸고 있는 큰 목금을 두드린다. 그는 노래를 부르기도 하고 야성적인 고함을 질러대기도 하면서 우리가 지나가는 길을 쓰는 여인들과, 우리의 발밑에 큰 카사바 줄기들을 흔들어대기도 하고 소란스럽게 땅을 두드려대기도 하는 여인들의 춤을 지휘한다. 열광 그 자체였다. 아이들은 정신없이 뛰기도 하고 발을 동동 굴러대기도 한다. 그 마을의 통과는 영광스러운 일이었다. 이어 우리는 여행객 숙소로 안내되어, 우리보다 먼저 도착해서 기다리고 있던 선량한 두 보이와 짐꾼들과 합류했다.

10월 29일

아침, 나는 어제 저녁에 우리를 마중했던 마을 어른 한 사람을 보러 갔다. 그는 저녁에 다시 답방을 해주었다. 오랫동안 대화를 나누었다. 아둠이 그 어른과 나 사이에 앉아 통역을 했다.

그 어른의 이야기는 삼바 응고토가 우리에게 한 모든 이야기가 사실이었음을 재확인시켜주었다. 특히 지난 달 보다 장날에 있었던 '무도회'에 대해 이야기했다. 그 이야기는 가롱*이 자기 수첩에 적어놓은 것에 따르면 다음과 같다.

9월 8일, 밤비오. 산림회사를 위해 작업하고 있던 군디의 작업조 구성원 10명의 고무 채집자(보충 자료에 의하면 20명)는 지난 달치 고무를 채집해 오지 않았다는 이유로(하지만 그들은 이번 달에 보통 때의 두 배에 달하는 40~50킬로그램을 가지고 왔다[5]) 무거운 나무대들보를 메고 산림회사 사무실 주위를

---

* 응고토에서 만나 저녁 식사를 함께한 수렵가.

5) 그들이 채집해 온 고무량만큼의 벌금형이 그들에게 과해졌다. 그러므로 그들은 두 달 동안 공짜로 일한 것이나 다름없다. 그들 가운데 한 명은 '(사실에 대해) 이야기를 하고자 했다'는 이유로 한 달 동안 감옥생활을 해야 했다.

도는 벌을 받았다. 뙤약볕 아래서 뺑뺑이를 돌다 쓰러지면 수비대병들이 나뭇가지를 휘둘러대며 다시 일으켜 세웠다.

아침 여덟 시에 시작된 그 '무도회'(뺑뺑이 돌리는 벌)는 파샤와 산림회사 대리인 모드리에의 입회 아래 하루 종일 계속됐다. 열한 시경, 바구마 마을에 사는 말롱게라는 사람이 쓰러져 더 이상 일어나지 못하자 그 사실을 보고받은 파샤는 "이런 제기랄……"하고 신경질만 내며 '무도회'를 계속 강행시켰다. 이 모든 일은 밤비오 주민들과 장을 보러 온 이웃 마을의 모든 촌장들 앞에서 행해졌다.*

그 마을 어른은 그밖에도 보다의 파행적인 감옥 운영과 원주민들의 비탄에 젖은 삶, 그리고 괴롭힘을 덜 당하는 지방으로의 대탈출 등에 대해 말해주었다.

물론, 나는 파샤에 대해서도 분노가 치민다. 하지만 더 음험한 산림회사의 역할이 훨씬 더 심각해 보인다. 왜냐하면 그 회사(나는 그 회사의 지사장들이라고 말하고 싶다)가 그 사실을 모르는 것이 아니기 때문이다. 그들은 파샤를 칭송하고 두둔하

---

* 지드는 가롱의 일기 인용을 여기에서 그치고 있다. 그는 진실성 여부를 정확히 확인할 수 없기 때문에 인용을 중지한다고 말하고 있다. 하지만 총독에게 보낸 지드의 편지에 따라 실시된 행정 조사에 의하면 위에 인용한 내용이 진실로 드러났다고, 지드는 그의 긴 주(註)에서 말하고 있다. 이어 여자들을 동원하는 무보수의 부역에 대해 비판하고 있다. 특히, 대부분의 여자들은 가슴에 아이를 안고 도로 작업을 하는데, 그로 인해 신생아의 치사율이 높아질 수 있으며, 인구가 감소한다고 주장하고 있다.

면서 그와 한통속이 되었다. 충분치 못한 양의 고무를 채집해 오거나 고분고분 행동하지 않는 원주민들을 파샤가 제멋대로 감옥에 처넣는 것은 바로 그들의 요구에 의해서이기 때문이다.[6]

(프랑스령 적도 아프리카) 총독에게 편지를 잘 써서 보내고 싶어, 나는 출발을 하루 미룰 결심을 했다. 내가 프랑스령 적도 아프리카에서 보낸 얼마 안 되는 세월은 이미 나로 하여금 '정말 거짓말이 아닌데요'라고 말하지만, 사실은 그 반대인 그 거짓말들에 대해 또는 별 것 아닌 일들에 대한 과장이나 와전들에 대해 경계하도록 만들었다. 그것은 참으로 슬픈 일이다! 그 '무도회'에 대해 내게 증언해 준 여러 직접적인 증인들의 말을 믿는다면, 그런 일이 전혀 보기 드문 일은 아닌 것 같으니 말이다. 그들은 파샤의 보복을 두려워하여 자신들을 거명하지 말아줄 것을 내게 간곡히 부탁했다. 틀림없이 그들은 자취를 감출 것이며, 아무것도 보지 못했다고 오리발을 내밀 것이다. 총독이 어떤 지방을 순시하면 아랫사람들은 가능한 한 총독에게 가장 만족스러운 사실들만을 보고할 것이다. 내가 총독에게 알려야 할 사실들이 그렇게 조사에서 혹시 제외되지나 않을까 염려된다. 총독에게 그 사실들을 전하는 목소리들이 치밀한 조작에 의해 억눌려버리지나

[6] 그 '파샤 사건'은 어떻게 되었을까? 그 결과를 아는 것은 흥미로운 일일 것이다. 나의 경솔함으로 인해 가롱이 여러 번 파샤로부터 구박을 당했으며, 그의 수렵 허가를 박탈당했다는 것이 사실인지? 한 원주민 촌장이 내게 말한 것처럼, "(그곳 마을들의) 덤불숲에서 진실은 너무도 비싼 대가를 치른다." 우리는 그 말을 확인할 수 있는 기회를 많이 갖게 될 것이다.

않을까……. 일개 여행자로 여행을 하게 되면, 때로 너무 비열해서 마음이 상하게 되는 일이 내게도 일어날 수 있다는 것을 깨닫고 있다.

내게 주어진 임무를 수락했지만, 처음에는 내가 무슨 일을 해야 하는지, 어떤 역할을 할 수 있을지, 내가 어디에 도움이 될지 그다지 잘 알지 못했다. 그렇지만 이제는 알게 되었다. 그리하여 나는 내가 온 것이 헛되지만은 않을 것이라는 생각이 들기 시작했다.

이 식민지에 발을 들여 놓은 이래, 나에게는 해결할 권한이 없는 문제들이 수없이 널려 있음을 확인할 수 있었다. 내 능력을 벗어나며, 일관성 있는 연구를 필요로 하는 것들에 대해 목소리를 높일 생각은 추호도 없다. 하지만 여기서 문제가 되는 것은 전체적인 사회질서와는 전적으로 무관한 몇 가지 분명한 사실에 관한 것이다. 아마도 관계 행정관은 그것에 대해 알고 있을 것이다. 원주민들이 내게 말하는 것을 보면, 그가 그 사실들을 모르고 있다는 생각도 얼핏 든다. 이 분관구는 너무도 넓은 지역을 포함하고 있다. 게다가 신속하게 이동할 수 있는 교통수단도 없기에, 한 사람으로서는 모든 것을 감시하기에 역부족일지도 모른다. 우리는 여기에서도 프랑스령 적도 아프리카 어디에서나 접할 수 있는 근무 인원 부족과 자금 부족이라는 걱정스런 두 가지 사실을 접하게 된다.

10월 30일

잠을 이룰 수가 없다. 밤비오의 그 '무도회' 이야기가 저녁 내내 머릿속에서 떠나지 않는다. 자주 이야기되는 것처럼 '원주민들은 프랑스의 점령 이전이 지금보다 더 불행했다'고 말하는 것만으로는 이제 설득력이 부족하다. 우리는 그들에 대해 피할 수 없는 책임을 떠안았다. 내 마음은 지금 불만과 원망으로 가득하다. 나는 운명이려니 하며 체념을 하기에는 도저히 용납되지 않는 몇 가지 일들에 대해 지금 알고 있다. 어떤 운명의 여신이 나를 이렇게 아프리카로 떠밀었는지? 도대체 나는 무엇을 추구하기 위해 여기에 왔는지? 나는 조용히 살아왔다. 그렇지만 이제 나는 알게 되었다. 그러니 말을 해야 한다.

그런데 어떻게 하면 내 말이 들리게 할 수 있을까? 지금까지 줄곧, 나는 내 말이 들리게 하는 일에 대해서는 전혀 신경을 쓰지 않고 말을 해왔다. 오래 남기를 바라는 단 한 가지 욕심에서 후세의 사람들을 위해 항상 글을 써왔기 때문이다. 곧 소멸되어도 좋으니, 목소리가 즉각 대중에게 미치는 저널리스트들이 부럽다. 지금까지 나는 거짓 도로 표지판들을 믿고 돌아다녔던 것 같다.

나는 이제 그것이 아무리 끔찍한 것일지언정 숨겨진 것을 알아내기 위해 무대 뒤편으로 파고들리라. 내가 의심하고 내가 보고 싶은 것은, 바로 그 '끔찍한 것'이기 때문이다.*

(총독에게 보낼) 편지를 쓰는 데 온통 하루를 보냈다.

....

*50대가 되도록 미학과 모럴에 대해서만 관심을 가져온 지드는 이 여행을 계기로 애타심과 휴머니티, 그리고 사회문제에 대해서도 눈을 돌리게 된다. 이 부분은 그 계기와 동기에 대해 잘 보여주고 있다.

10월 31일

다섯 시가 못 되어 기상. 차를 곁들인 간단한 식사 후 짐을 챙겼다. 숙소 뒤꼍 모래사장에 모여 웅성거리고 있는 짐꾼들(예순 명의 짐꾼 외에 민병대원 한 명, 원주민 안내자 한 명, 우리의 두 보이와 요리사, 거기다 예의 그 민병대원과 원주민 안내자와 동행하고 있는 세 명의 여인이 우리 일행의 전부다). 촌장이 찾아와 우리에게 작별 인사를 건넸다. 희미한 달빛. 우리는 두 보이와 가마꾼들, 안내자, 민병대원, 그리고 우리의 가방을 멘 짐꾼들을 데리고 동이 틀 무렵 먼저 출발했다.

끝날 줄 모르는 숲이 한없이 우리의 인내력을 시험했다. 나는 어제 총독에게 쓰던 편지를 다 끝내지 못했다. 어쩔 수 없었다! 가마 안에서 써보려 했으나 쓸 수 없었다. 그 안에서는 메모를 하는 것도 책을 읽는 것도 불가능했다. 꽤 피곤했음에도 불구하고 다섯 시간을 잘 걸어왔는데, 어쩔 수 없이 걷기를 포기하고 말았다. 모랫길이던 것이 미끄러운 진흙길로 바뀌어버렸기 때문이다. 몇 킬로미터를 가마를 탔다. 잠시 휴식을 취한 뒤 나는 다시 5킬로미터를 걸었다. 중간에는 숙소가 없었다. 여정이 아무리 길지

언정 다 마쳐야 했다. 잘 곳도 짐꾼들에게 먹일 양식도 없는 상태로 숲 속에서 밤을 보낼 수는 없었기 때문이다. 계속되는 천편일률적인 숲. 별로 이국적이지 못한 경치들……

하루 여정이 마무리될 무렵, 그때까지 완전히 평지였던 길이 녹음이 드리워진 시냇물로 이어졌다. 별로 깊지 않지만 맑은 물이 흰 모래톱 위를 흐르고 있었다. 짐꾼들은 짐을 내려놓자마자 곧 물 속으로 뛰어들었다.

이 나라에서 목욕을 하는 것은 아주 위험하다는 말을 들었다. 악어가 있을 염려나 일사병에 대한 두려움이 없는 한, 나는 그 말을 믿지 않는다. 어떤 의사들은 그 문제가 아니라고들 한다(마르도 그 의사들의 말에 동조하여 목욕의 위험성을 재차 주장했다). 이를테면 간충혈과 열병, 그리고 필라리아병이 걸릴 위험이 많다는 것이다. 그런데 어제 나는 이미 목욕을 했다. 그 결과가 어떤가? 전혀 문제가 없지 않은가. 오늘도 나는 물의 유혹을 뿌리치지 못하고 맑고 시원한 물 속으로 다시 뛰어들었다. 나는 그보다 더 감미롭고 상쾌하게 목욕을 즐겨 본 적이 없다.

몇 명의 연로한 마을 어른들이 아이들에게 두 개의 북을 지워 우리를 마중나왔다. '바콩고'(사람들은 산림회사를 위해 일하는 원주민들을 무심코 그렇게 부른다)들이 사는 꽤 큰 두 마을 부근에 엔델레라는 작은 마을이 있었는데, 그곳에는 다섯 명의 건장한 어른(그들은 고무를 채취하며 거의 숲에서 산다)과 농작물을 재배하는 다섯 명의 신체부자유자밖에 살지 않았다. 그런데 숲 속에 사는 그 고무 채취자들은 감시를 받지 않기에 돈벌이가 거의 되지 않는 그 일을 가능한 한 하지 않는다고 했다. 그렇기 때문에 산림회사 직원들은 그들이 의무량 채취를 하지 않았다며 지속적으로 벌을 가함으로써 그들에게 '의무감'이라는 것을 환기시키려고 했다.

바콩고들이 사는 마을의 두 어른과 오랫동안 대화를 나누었다. 그런데 우리와 함께 있을 때에는 이야기를 잘 하던 사람이 다른 한 사람이 들어오자 곧 입을 다물었다. 그러고는 더 이상 말을 하지 않았다. 자기 자신 또한 갇혀 있었던 보다 감옥의 잔혹성에 대해 물었을 때, 그는 돌연 침묵했으며 두려운 감정을 보였다. 위험한 일에 말려들어 자신을 위태롭게 하지 않기 위한 그 침묵과 두려움을 보는 것보다 더 우리를 슬프게 하는 일은 없으리라. 나중에 우리하고만 있게 되자, 그는 다시 입을 열었다. 학대에 못 견뎌 하루에만 열 명이 죽어가는 것을 보았노라고. 그는 자신의 몸에 남은 매질당한 흔적과 상처 자국을 우리에게 보여주었다. 이미 들은 이야기이지만, 그는 감옥에 갇힌 사람에게는 하루에 딱한 번 먹을 것이 주어지는데 그나마 (그가 보여주는 주먹 크기의) 카사바 빵 하나가 전부라는 증언도 해주었다.

충분한 양의 고무를 채취해 오지 않는 원주민들에게 산림회사가 마치 습관처럼 가한 40프랑의 벌금(당연히 그 벌금은 가불이다)에 관한 이야기도 해주었다. 그 금액은 그들이 한 달 동안 죽어라고 일해야 겨우 벌 수 있는 금액이었다. 그는 또, 벌금을 물어야 할 경우 빌려서라도 지불하지 않으면 감옥행을 피할 수 없으며, 때로는 '지불을 했는데도 불구하고' 감옥에 처넣었다는 이야기도 했다. 공포 분위기가 확산되자 주변 마을들은 버려지기 시작했다.

통역은 아둠이 맡았다. 아둠은 영리하지만 프랑스어를 썩 잘하지는 못한다. 우리가 숲 속에서 휴식을 취할 때면, 머물 만한 '자리'를 찾았다는 말을 하려고 하는 것이 분명한데 그는 place라는 어휘 대신 palace('궁전'이라는 뜻)라는 단어를 사용한다. 또 우리가 어떤 촌장에게 '당신 마을에는 몇 사람이 마을 버리고 도망갔느냐?' '몇 명이 감옥에 갇혔었느냐?' 등을 물을 때, 그는 중간에서 통역을 하면서 hommes(사람)라는 단어 대신 nommes라는 없는 단어를 쓴다.

많은 원주민이 우리를 찾아왔다. 어떤 사람은 자신이 대단한 요술쟁이라는 증명서를 써달라고 요구하는가 하면, 또 어떤 사람은 '혼자 마을을 이루기 위해' 먼 곳으로 떠날 수 있는 허가서를 요구하기도 했다. 보다 감옥에 갇혀 있는 사람이 몇 명이나 되느냐는 질문에, 내가 들을 수 있는 말은 오로지 이 말뿐이었다.

"많습니다, 많아요. 아주 많지요. 셀 수가 없어요."

감옥 안에는 아녀자들도 많이 갇혀 있으리라.

11월 1일

생각이 너무 많아 어제 저녁에는 잠을 이룰 수 없었다. 다섯 시도 못 되어 출발. 25~28킬로미터의 여정이었지만 단 한순간도 가마를 이용하지 않았다. 도로에는 팻말이 없기에 걸은 시간을 보고 거리를 측정할 수밖에 없었다. 우리는 시간당 평균 5, 6킬로미터를 걸은 것 같다. 마지막 몇 킬로미터는 모랫길인데다 뙤약볕 아래 바람까지 불어 특히 힘들었다. 숲은 아주 단조로웠다. 특별한 풍경도 보이지 않았다. 그러던 중 느닷없이 나타난 넓고 깊은 강. 그 맑음에 감탄하며 5미터 깊이는 족히 되는 강바닥에서 하늘거리는 풍성한 물풀들을 한동안 바라보았다.

야영을 하기 위해 도쿤디아 비타라는 마을에 이르기 전, 우리는 초라한 세 마을을 지났다. 여자들뿐이었다. 평상시와 다름없이 남자들은 고무 채취에 나갔던 것이다. 촌장들은, 늙어서 별로 쓸모가 없는 노인들과 어린이 몇 명에게 북을 치게 하면서 꽤 멀리까지 우리를 마중하러 나왔다. 도쿤디아에 도착할 무렵에는 아녀자들의 환영을 받았다. 몹시 날카롭게 외치는 목소리와 가락, 그리고 열광적으로 흔들어대는 몸. 늙은 여자일수록 더 열렬히 몸을 흔들어댔다. 온몸을 흔들어대는 중년 여인들의 우스꽝스런 동작 역시 보기에 민망스러운 것은 마찬가지였다. 여인들은 모두 손에 종려나무 가지나 또다른 큰 나뭇가지들을 들고 있었는데, 그들은 그것으로 우리에게 부채질을 해주는가 하면 우리가 밟고 지나갈 길을 쓸어주기도 했다. 대단한 '예루살렘 입성'이었다. 여자들이 입고 있는 옷이라고는, 두 볼기짝 사이를 지나 허리띠로 이용되는 가는 식물 줄기 끈에 연결된, 성기를 가리는 나뭇잎(혹은 헝겊조각) 하나가 전부였다. 어떤 여자들은 엉덩이에 푸른 잎이나 마른 잎으로 만든 큰 쿠션 같은 것을 하나 달고 있었는데, 1880년경 프랑스에서 유행했던 (치마 뒷자락을 부풀게 하는) 그 허리받이만큼이나 우스꽝스러웠다. 하지만 이 마을에 도착하기 직전에 들른 마을의 여자들은 모두가 거기에다 리아나 덩굴들로 치장하고 있었다.

밤비오에서부터 달려온 심부름꾼은 우리보다 이틀이나 먼저 도착하여 마을 사람들에게 우리의 도착을 미리 알렸다. 마을 주민들은 때론 그들의 마을 입구와 출구(때로 이유는 알 수 없지만 숲 한가운데나 덤불숲 한가운데)에서부터 몇 미터에 이르는 길을 잡초를 뽑거나 자른 뒤 모래를 뿌려놓았다. 군데군데 뿌려놓은 모래 위에는 카틀리에를 연상시키는 멋진 접시꽃들(나는 그런 꽃을 이미 에알라 근처 숲을 산책할 때 본 적이 있다)을 땅에 바짝 닿게 심어 놓았다. 원주민들이 그 안쪽 것(즉, 아니스 맛이 나는 흰 과육)을 먹는, 산호초처럼 빨간데다 마늘 깍지 형태의 그 커다란 과일이 열리는 것은 바로 그 꽃에서가 아닌가 생각된다. 어린 종려나무 잎 같은 그 잎은 크기가 약 150센티미터 정도는 되어보였다. 그 꽃들은 마을 주민들이 길을 청소한 뒤에 개화된 것일까? 아니면 계획적으로 잠시 심어놓은 것일까? 나는 후자가 아닐까 생각한다. 꽃들만 남겨두고 나머지 잡초는 다 뽑아버린 모랫길, 정말 멋진 길이었다.

마을을 지날 때마다, 우리는 촌장들에게 산림회사가 킬로그램당 2프랑을 지불할 경우에만 고무를 내다 팔도록 설득했다. 산림회사는 흔히 킬로그램당 1프랑 50상팀밖에 지불해주지 않으며, 20킬로그램이 넘어야 2프랑을 쳐준다는 말을 들었기 때문이다. 그밖에도 우리는 원주민들에게 무게를 다는 법을 가르쳐주고 싶었다. 그들은 부피밖에(그들은 몇 바구니인가로 셈을 한다) 모르기에, 산림회사 직원들이 조금만 정직하지 않아도 충분히 무게를 속일 수 있기 때문이다. 더한 문제는 그런 행위를 감시할 행정관이 없다는 점이다.

우리가 마을들을 들를 때면, 많은 사람이 몰려와 그들의 분쟁이나 애로 사항을 해결해 줄 것을 부탁하곤 했다. 어떤 남자는 자기 형과 누나를 동반하고 와서는 이웃 남자로 하여금 자기에게 50프랑의 손해배상을 해주도록 부탁을 했는데, 이유인 즉 그 사내가 임신 3개월의 자기 아내와 동침을 하는 바람에 아이를 유산시켰다는 것이다.

11월 2일

다섯 시에 도쿤디아 비타를 출발한 우리는 쉬지 않고 7시간(반 시간 정도는 가마를 탔다)을 걸어 정오가 넘어 카타쿠오에 도착했다.

카타쿠오(어떤 지도들에는 카타포로 표기되어 있다)는 약 1킬로미터나 되는 길고 아주 큰 마을이다. 단 하나뿐인 거리. 그 거리를 따라 양 옆으로 전통가옥들이 줄지어 서 있다.

저녁 무렵, 그늘진 작은 시냇물에서 목욕을 했다. 흰 모래가 깔린 맑은 하천 바닥에 죽어 있는 큰 나뭇등걸 사이로 미끄러져 들어갔다. 새끼 다람쥐 한 마리가 다가와 나를 바라보았다. 우리나라의 다람쥐와 닮았는데 털빛이 훨씬 더 어두웠다.

11월 3일

새벽이 되기 훨씬 전 카타쿠오를 출발. 우리는 상당히 긴 시간 동안 숲을 통과했는데, 너무 어두워서 안내자가 없었다면 구불구불한 그 좁은 길들을 제대로 따라가지 못했을 것이다. 날이 천천히 밝아왔다. 흐리고 음산한데다 말로 표현할 수 없는 정도로 음울한 하루였다. 단조로운 숲. 카사바 경작지 사이에 간간히 출현하는 꽤 아름다운 교목 숲(그런데 죽은 나뭇등걸이 많이 보였다). 보다 지방이 아닌데도 아직 카사바를 수확하지 않았다. 한 마을의 촌장에게 왜 추수기가 지났는데도 카사바를 수확하지 않았는지 물어보았다. 그 우둔한 촌장은, 그 이전이나 다음 마을의 촌장들과 마찬가지로, "힘이 없는 촌장, 마을 주민들에게 아무런 권한도 없소"라고 씌어진 수첩만 내게 내밀었다. 내 질문에 대한 답변을 얻어내는 데는 끝내 실패하고 말았다. 전반적으로 원주민들은 '왜'라는 말을 못했다. 나는 그들의 언어에 '왜'라는 말에 해당하는 어휘가 있는지조차 의심스러웠다. 이미 나는 브라자빌에서 구경한 그 재판*에서, "왜 그 사람들이 자기 마을들을 버리고 떠났느냐?"라는 질문에 한결같이 "어떻게, 혹은 어떤 식으로······"라고 대답하는 것을 확인할 수 있었다. 원주민들의 두뇌는 인과관계를 수립할 능력이 없는 것처럼 보인다[7] (뒤이어 이어지는 여행에서 나는 여러 번 그 사실을 확인할 수 있었다).

마을을 지날 때마다 입구에서 환영행사로 보여주는 여자들의 춤들. 인생의 내리막길을 걷고 있는 지긋한 나이의 여자들이 뻔뻔스럽게 몸을 흔들어대며 호들갑을 떠는 모습이란 참으로 민망하기까지 했다. 언제나 나이가 가장 많은 여자들이 제일 열광적이었다. 어떤 여자들은 마치 미치광이처럼 날뛰기도 했다.

----

* 원주민들을 잔혹하게 학대한 행정관 상브리에 대한 재판. 젊은 그는 그가 지휘하고 있는 모든 원주민 민병대원의 아내와 동침을 하는 등 방탕한 생활을 했다.
7) 프랑스의 사회학자 레비 브륄(Lucien Lévy-Bruhl, 1857~1939)은 『원시인들의 정신상태』(1922)에서 그 점을 잘 설명하고 있는데, 나는 그 책을 아직 읽어보지는 못했다.

11월 4일

세 시경 놀라에 도착. 니에멜레 마을은 들르지 않았다. 40여 킬로미터의 여정이었는데, 족히 30킬로미터는 걸었으리라. 출발할 때 달은 아직도 머리 위에(아둠의 말에 의하면 '정오에') 있었다. 새벽 네 시가 채 못 된 시각이었다. 달빛을 밀어내는 그 멍한 회색빛보다 더 우중충하고 음울한 것은 없으리라.

안개가 잔뜩 낀 오전. 몇 시간을 지나야 했던 나무가 많은 그 스텝은 일시적으로나마 어떤 매력이 있었는데, 안개로 인해 이슬이 맺혀 있는——풍성하게 널려 있는——크고 경쾌한 포아풀과 식물들 덕택이었다. 그 큰 식물들은 길 쪽으로 기울어져 있어, 길을 걷는 우리의 팔과 이마를 적셨다. 이내 우리는 소나기라도 맞은 듯 흠뻑 젖었다. 모랫길 위의 많은 동물들 흔적(사슴, 멧돼지, 물소 등). 하지만 그것들의 모습은 전혀 볼 수 없었다. 우리 일행이 내는 소음, 특히 냄새가 그것들을 모두 달아나게 만든 것이다. 우리는 몇 번 새를 향해 방아쇠를 당겨보았지만 너무 멀어 실패했다. 강을 지날 때 만난 그 매미 떼의 소란이라니! 우리는 한동안 귀가 먹는 줄 알았다. 민병대원이, 이틀 전부터 우리를 따라오고 있는 어린 소년(그는 야무르 촌장의 메시지를 가지고 가는 한 '특사'를 따라가고 있다)에게서 큰 투창을 빼앗더니 그것들을 향해 날렸다. 엄청나게 큰 매미 한 마리가 보기 좋게 나무 등걸에 꽂혔는데. 윗날개에는 에메랄드빛을 반사하는 호랑이 무늬가 있었으며, 뒷날개는 자줏빛이었다.

놀라에 도착하기 몇 킬로미터 전, 울창한 숲을 벗어난 오솔길은 우리를 불쑥 에켈라 강둑 위로 데려다 놓았다(그 강은 더 흘러 상가 강이 된다). 강둑의 작은 어촌에 이른 우리는 잠시 가마에서 내려 한 오두막집 곁 부채꼴 모양의 잎을 가진 야자나무 아래 자리를 잡았다. 여섯 명의 불쌍한 여인이 추는 춤을 보기 위해서였다. 예의상 차마 그 자리를 뜰 수가 없었다. 늙고 흉측한 여자들이었음에도 불구하고 말이다. 스텝과 바나나 경작지와 몇몇 카카오 경작지 사이를 고불고불 지나는 오솔길을 따라 3킬로미터를 더 가자, 기이한 모습의 놀라가 우리 앞에 나타났다. 길을 가로막는 강을 카누로 건너 우리는 마침내 목적지에 도착했다. 예상대로 거의 정확한 시간에 도착했다. 일행은 모두 피곤에 지쳐 있었다. 하지만 닷새 동안의 행군에서 그렇게 큰 문제나 장애는 없었다(어제, 우리는 가마꾼 다섯 명을 더 보강했다. 기존의 가마꾼들이 불쌍하다는 생각이 들었기 때문이다).

우리에게 길을 일러주기 위해 (밤비오의) 야모루 촌장이 딸려 보낸 그 '특사'는 한 민병대원이 납치해 달아난 어느 촌장의 아내를 찾아 오는 임무를 띠고 있었다. 놀라에 도착한 우리는 그 민병대원과 촌장의 아내가 이미 전날 밤 카르노로 도망쳐버렸다는 사실을 알게 되었다.

5 놀라에서 보즘까지

"나는 아둠에게 읽기를 계속 가르치고 있는데,
그는 감동을 줄 정도로 열심이어서 일취월장하고 있다.
날이 갈수록 나는 그에게 점점 더 애정이 간다.
백인들이 흑인들의 어리석음에 대해 화를 낼 때, 그들이야말로
대개의 경우 얼마나 어리석은 짓을 하고 있는 것인지!"

11월 5일

짐 운반에 위기가 닥쳤다. 짐꾼들이 모두 떠나겠다는 것이다. 그들 예순 명은 행정당국에서 모집해준 원주민들이다. 그들의 양식으로 어제 바나나는 많이 샀건만 카사바가 부족하여 큰 불만을 샀던 것이다. 그들에 대한 일당은 행정당국에서 지불해주기로 되어 있는데, 짐을 진 사람은 1프랑 25상팀을, 그리고 짐을 지지 않는 사람은 75상팀을 받는다. 그 총액은 흔히 촌장들에게 일괄적으로 지불되는데, 그로 인해 정작 짐을 운반한 당사자들은 한 푼도 받지 못하는 경우가 많단다. 우리의 짐꾼들은 이번에도 그런 식이 될 것이라는 주장을 했다. 우리는 매우 당황했다. 프랑스 관리들이 없을 경우, 대체 인원을 모집하기란 여간 어려운 일이 아니기 때문이다. 하지만 한편으로는, 그들을 자기 마을로부터 너무 멀리까지 데리고 가는 것이 비인간적인 처사가 아닌가 하는 생각도 들었다.

우리는 처음에 놀라까지 카누로 강을 타고 올라갈 수 있을 것으로 생각했다. 그런데 에켈라 강이 너무 불어나 내려갈 때만 카누 이용이 가능했다. 급류라 위험하기 때문이다. 어쩔 수 없이 우리는 콩구루까지 걸어서 간 다음, 좌측 강둑을 따라 놀라에 이를 수밖에 없었다. 다른 길로는 갈 수 없다는 말을 들었다. 이곳에서는 길이 유지 보수가 잘 되지 않을 경우, 곧 잡초밭이 되어 이용이 거의 불가능하게 되어버린다.

짐꾼들은 끝이 갈퀴지게 갈라진 긴 장대를 가지고 지붕 들보들 사이에 '집 짓는 파리들'이 지어놓은 파리집을 능숙하게 긁어 내렸다. 20개 정도의 작은 구멍이 있는 파리집이었다. 그들의 말에 따르면 아직 우윳빛인 유충이나 번데기는 정말 맛있다고 한다. 우리는 그들이 전등불에 떼 지어 달려드는 날개돋힌 흰개미들을 덮쳐서는 날개조차 떼어내지 않고 곧바로 와작와작 씹어 먹는 모습도 보았다.

11월 6일

일행을 위한 카사바 구입상의 난항. 마침내 구하기는 했지만 빻은 것이 아니었다. 짐꾼들은 코가 석자다. 새 짐꾼들을 모집하기 위해 우리는 출발을 내일로 미루기로 했다. 이미 풍기가 문란해지고 불복종의 단계에까지 이르렀지만, 우리는 차마 짐꾼들을 돌려보내지는 못했다.

저녁 무렵, 카누로 에켈라 강을 건넜다. 친절하고 젊은 두 직원이 근무하는 산림회사의 사무실도 방문했다. 그들은 정직해 보였다.[1] 우리는 그들의 '가게'에서 여러 가지 먹을 것을 구입했다. 이어 우리는 강가에 있는 한 큰 마을에 이르렀는데, 그 마을은 카데이 강과 에켈라 강이 합류하여 이루는 상가 강이 막 시작되는 곳에 있었다. 마을 앞산은 울창했으며 급격한 경사를 이루고 있

---

1) 그들이 잘못 생각하지 말기를! 그들의 정직은 오히려 그들에게 해로울 테니까! 회사는 정직하게 행동하는 것보다는 회사의 주머니를 더 채워주는 직원을 당연히 더 좋아할 것이기 때문이다. 그 회사의 한 직원이 우리에게 두려움 없이 털어놓은 말들은 그 같은 내 생각을 완벽하게 증명해주었다. 하지만 나는 여기에 그 사람의 이름이나 근무하고 있는 곳에 대해서는 언급하지 않겠다. 그 이유에 대해서는 사람들도 잘 알 것이다.

었다. 그 숲에는 온갖 종류의 원숭이가 살고 있다는데, 특히 몸집이 거대한 고릴라들이 많이 서식하고 있다고 했다. 마을 주민들은 그물을 이용하여 고릴라를 잡는다면서, 자기들 오두막집 문에 걸려 있는 넓은 그물코의 튼튼한 그물들을 보여주기도 했다. 마을 입구에서는 표범 덫도 볼 수 있었다.

짐을 운반하는 문제는 전격적으로 해결되었다. 짐꾼들이 그들의 주장을 철회했기 때문이다. 우리는 보트로 에켈라 강을 따라 바니아까지 갈 것을 권유받았다. 그러면 나흘도 채 걸리지 않는다는 것이다.

11월 7일

원주민 두 명이 길이에 비해 아주 굵은 150센티미터 가량의 뱀한 마리를 벌채용 칼로 잡았다. 휘둘러 댄 칼질로 껍질이 망가져 유감이었다. 아름다운 무늬였는데……. 등에는 밝은 회색의 정연한 직사각형 무늬가 있었으며, 그 둘레에는 희미한 색의 둥근 괄호 무늬가 다시 둘러져 있었다. 내가 지금까지 전혀 본 적이 없는 왕뱀의 변종이었다.

어제 저녁에는 회오리바람이 한차례 일려다 말았다. 숨 막히는 더위였다. 대기를 좀 시원하게 해줄 한바탕 소나기를 기대했는데, 그마저 불발이었다. 구름이 잔뜩 덮인 하늘에는 마른번개만 수없이 번쩍거렸다. 너무 먼 곳에서 쳐서인지 천둥소리가 전혀 들리지 않았다. 구름 뒤쪽 깊숙한 곳에서 번쩍이면서 그것은 복잡한 구름층을 순간순간 드러내 보였다. 자정 무렵 잠자리에서 일어난 나는 밖으로 나가 그 웅장한 광경을 오랫동안 바라보았다.

이틀 저녁 계속 큰 원숭이(아마 맞을 것이다) 한 마리가 '숙소야 무너져라' 하며 지붕 위에서 날뛰었다.

적도 지역의 회색빛 하늘의 아침보다 더 우중충하고 창백하고 음울한 것을 상상하기란 도저히 불가능하리라. 정오가 될 때까지 하늘은 빛 한 줄기 허락하지 않았다.

어제는 '비알 회사'의 직원과 함께 의사 B의 집에서 저녁 식사를 했다. 식사 도중 우리는 마치 무슨 '비상 신호'인 듯한 소리를 들었다. 화재인가 하는 생각이 얼핏 스쳤다. 이곳 아프리카에서는 자주 있는 일이기 때문이다. 원주민들은 불꽃이 집으로 옮겨 붙을 수 있다는 점에 대해서는 잘 모르는 듯 덤불숲에 자주 불을 질렀다. 점점 더 가까워지는 고함소리. 그 소리와 함께 우리가 앉아 있는 베란다 아래쪽에서 포르투갈인이 불쑥 튀어나왔다. 그는 오전에 우리가 짐꾼들에게 주기 위해 담배를 샀던 그 해외 상관 직원이었다. 그는 바지 하나만을 겨우 걸치고 있었다. 흥분한 그는 마치 정신 나간 인간처럼 우리에게 설명을 늘어놓았다. 민병 대원들이 자기의 '얼굴을 후려 갈기려 한다'는 것이다. 이유인즉, 그의 요리사가 한 민병대원의 여자를 가로채 달아났다나? 의사는 단호하고 강경하게 그를 타일러 돌려보냈다. 조사를 해본 결과 자초지종은 이러했다.

문제의 여자는 한 민병대원이 야모루 촌장에게서 빼앗아 간 바로 그 여자로, '특사' 보볼리가 그의 촌장에게 다시 데려갈 임무를 띠고 왔던 바로 그 여자였던 것이다. 그 특사는 물론 여자와 민병대원이 카르노로 도망갔다는 말을 들은 뒤 빈손으로 돌아가야 했다. 바로 어제 말이다.

우리는 오늘 아침 그 당사자들을 출두케 했다. 여자를 유혹한 민병대원과 또 다른 한 명의 통역 민병대원(그는 우리 일행의 민병대원인데, 지독스럽게 말을 더듬는다), 포르투갈인의 요리사, 그리고 4일 전부터 그 요리사의 애인이 된 문제의 그 여인. 그녀는, 입고 있는 옷이라고는 진주 혁대에 걸쳐진 작은 나뭇잎 몇 개가 전부였다. '영원한 여인' 이브 같은 옷차림이었다. 처진 가슴에 대해서만 눈 감아줄 아량이 있다면 그녀는 미인이었다. 허리와 골반, 그리고 다리 등의 곡선은 나무랄 데 없는 아름다움을 간직하고 있었다. 그녀는 베란다를 보호하고 있는 지붕의 대나무에 팔을 올려 기댄 채 우리 앞에 서 있었다. 끝없는 심문. 프랑스어로 떠드는 그들의 수다는 도무지 이해할 수가 없었다. 그들 모두의 이야기를 들어본 결과, 거의 언제나 그렇듯이 그 문제 역시 결국 돈 문제인 것만은 분명했다. 야모루는 그 여자보다는 그녀를 소유하기 위해 여자 부모에게 지불한 150프랑에 더 마음이 있었다. 또 민병대원은 그녀를 위해 세금 10프랑을 지급했으며, 요리사는 그 민병대원에게 10프랑을 환불해주었으며 등등······ 뭐가 뭔지 알 수가 없었다. 그 여자는 너무 헤픈 여자여서 더 이상 갖고 싶지 않다는 말을 두 전남편이 거침없이 해댔지만 그녀는 아무 말도 없이 체념의 자세로 듣고만 있었다. 그 민병대원은 "저 여자는 창녀나 다름없어요"라고까지 말했다. 우리는 그녀에게 촌장 야모루 집에서 도망나올 때 입고 있던 옷을 다시 그 촌장에게 돌려주라고 했으며, 그 옷을 돌려주러 갈 때 들 양식을 살 돈 5프랑을 민병대원과 요리사가 반반씩 나눠 지불하도록 조처했다. 그 일을 그렇게 처리하는 데 우리는 엄청난 시간을 소모했다.

이어 우리는 작은 개미들을 굴러 떨어지게 만드는 움푹 패인 개미귀신집들을 오랫동안 관찰했다.

어제 저녁에 나는 『밸런트래 명인』 몇 쪽을 즐겁게 읽을 수 있었다.

11월 8일

우리는 결국 발레니에르의 이용을 포기했다. 당연히 바니아행도 포기할 수밖에. 결국 우리는 베르베라티를 경유하여 카르노로 갈 것이다. 예순다섯 명의 짐꾼을 돌려보냈다. 행정당국에서 마흔 명을 새로 모집해주겠다는 약속을 했기 때문이다. 그 정도 인원이면 충분할 것이다. 여러 장비와 총독에게 쓴 장문의 편지를 재검토하고 타이핑하는 데 거의 하루를 보냈다.

한 심부름꾼이 어제 저녁 내게 마르셀 드 코페에게서 온 편지를 전해주었다. 그 편지에 따르면 코페는 두 달 전부터 몽굼바에서 나를 기다리고 있다는 것이다. 그 심부름꾼은 어제 저녁 한 민병대원에게 삼바 응고토가 감옥에 갇혀 있다는 이야기를 해주었다. 예상했던 일이다. 하지만 오늘 아침 우리가 그 심부름꾼에게 그 사실을 확인하려 하자 그는 아무것도 알지 못한다며 거절했다. 민병대원에게 그 말을 했다는 사실까지도 완강하게 부인했다. 땅바닥에서 집은 모래를 자기 이마에 부으면서 그는 맹세코 삼바 응고토가 감옥에 갇혀 있지 않다고 주장했다. 우리는, 그가 보복을 받을지도 모른다는 생각에 두려움을 느끼고 있다는 것을 물론 알았다.

내일 우리는 출발할 것이다.

11월 9일

어제 저녁에 있었던 야릇한 야회에 대해 몇 가지 적어두고자 한다. 우리는 의사 B의 집에서 '비알 회사'의 젊은 직원 A(그는 이제 22세이다), 그리고 브라자빌에서 오후에 도착한 한 선박의 선장 L과 함께 저녁 식사를 했다. B가 정상적인 상태가 아님을 우리는 곧 알게 되었다. 열광하며 떠드는 그의 말은 고사하고라도 술을 권할 때마다 내가 내미는 술잔에 정확히 따르지 못하고 자꾸 다른 곳에 병목을 갖다 대는 바람에 애를 먹었다. 또한 그는 포크로 작은 파이를 찍어 입으로 가져가는 대신 여러 번 식탁보 위에 갖다놓곤 했다. 술을 많이 마시지도 않았는데도 그의 열광은 점점 더 고조되었다. 아마도 선박의 도착을 축하하기 위해 낮에 이미 많이 마셨는지도 모른다. 그렇지만 나는 음주벽 때문이 아닌 다른 무언가가 있을지도 모른다는 의심을 했다. …… 그저께 저녁, 나는 알파사 대리 총독에게 보낼 내 편지에 대해 그에게 이야기했었다. 물론, 파샤를 강하게 고발하는 내용을 담은 편지다. 그는 파샤의 처사에 분노하는 것처럼 보였다. 이어 나는, 그 편지를 한 부 더 베껴 장관에게도 보내겠노라고 말했다. 나의 그 경솔한 말에 그는 마침내 두려움에 사로잡히기 시작했던 것 같다. 이윽고 오늘 저녁에는, 일종의 연대감에서 이렇게 말하며 내게 항의를 했다. 즉, 많은 행정관과 공무원들은 정직하고 희생적이며 양심적일 뿐만 아니라 놀라울 정도로 열심히 근무하고 있다는 것이다. 물론, 내 주장을 말할 차례도 있었다. 나 역시 그 점에 대해 추호의 의심도 없으며, 그런 모범적인 사례들을 많이 알고 있다, 그러기에 그만큼 몇몇 유감스런 예외(내가 본 모든 지위의 많은 공무원들 가운데 단 하나의 예외를 보았다고 나는 덧붙였다)가 전체에 가까운 사람들의 평판을 떨어뜨리지 말아야 함이 더 중요한 일이라고 말이다. 그러자 그는 이렇게 소리쳤다.

"대중들의 귀와 눈은 무엇보다 그 예외에 쏠리지요. 당신은 대중들의 그런 행태를 막지 못할 겁니다. 바로 그 예외에 의해 좋지 않은 여론이 형성되지요. 개탄스러운 일이에요."

그의 말은 많은 경우 타당해서, 나는 마음이 아팠다. 그는 전날 저녁 내 편지에 대해 지나치게 맞장구친 것을 두려워하고 있는 것 같았으며, 그가 부인하려는 것은 자신이 보낸 바로 그 맞장구에 대해서인 것 같았다. 왜냐하면 그는, 비록 무자비하기까지 할지라도 몽둥이와 본보기 벌이 없다면 흑인들로부터 얻어낼 수 있는 것이 아무것도 없을 것이라며, 흑인에 대한 잔혹한 정책을 찬양하기까지 했기 때문이다. 그는 자신도 어느 날 흑인 한 명을 살해했다는 이야기까지 했다. 그러면서 그는 자신이 아닌—자신이 그렇게 행동하지 않으면 필연코 살해되었을—한 친구를 위해

벌인 정당방위였다는 말을 얼른 덧붙였다. 그는 다시 자신을 두려운 존재로 보이게 할 경우에만 흑인들로부터 존경을 받을 수 있다는 말도 하면서, 자신의 동료 X의사를 예로 들었다. 그 이야기는 이러했다. 그 의사는 놀라에서 근무한 적이 있는 자신의 전임자였는데, 우리가 어제 저녁에 지나온 카타쿠오(혹은 카타포) 마을을 평화롭게 지나가고 있었다. 그런데 몇몇 주민이 그를 납치해서는 옷을 벗긴 채 손발을 묶고는 머리끝에서 발끝까지 덕지덕지 아무렇게나 물감을 칠했다. 그들은 그런 상태로 그에게 이틀 동안이나 북소리에 맞춰 강제로 춤을 추게 했다. 그는 놀라에서 파견된 수비대 분대에 의해 겨우 풀려날 수 있었다. …… 그의 이야기는 점점 더 엉뚱해지기 시작했으며, 갈수록 앞뒤가 잘 맞지 않았다. 함께 있던 우리는 모두 입을 다물었다. 말을 하는 사람이라고는 흥분한 바로 그 의사 B뿐이었다. 다음 날 출발해야 했기에 정리할 짐들도 있고 해서 어쩔 수 없이 일어서야 했을 때조차도 그는 우리를 붙잡고 계속 이야기를 해댔다. 그는 하마터면 파샤를 칭찬할 뻔하기까지 했다. 하지만 파샤에 대해 그가 한 모든 이야기는 자신을 변명하려는 속셈에서 나온 것이며, 나의 견해와 결별하려는 저의에서 말해졌던 것이다. 그는 이런 이야기 (그게 사실이라면 이것은 아주 중요한 문제다)도 우리에게 했다. 즉, 마을 촌장들은 대개의 경우 원주민들 사이에서 전혀 존경을 받지 못하는 사람들(주민들은 그들의 명령에 복종하지 않는다), 옛날에 노예였던 사람들, 이름만 빌려주는 로보트들로 관에 대해 책임을 짊어지게 하고 관이 가하는 처벌을 대신 받도록 하기 위해 선출된 가짜 촌장들이기에, 그들이 감옥으로 끌려가면 주민들은 너나없이 기뻐한다는 것이었다. 당연히 진짜 촌장은 대개의 경우 프랑스 정부가 알 수 없는 비밀의 인물이라는 것이다.

나는 여기에 그가 한 말에 대해서만 대략 적어놓았을 뿐이다. 식사 때의 그 불안하고 야릇한 분위기에 대해서는 묘사할 수가 없다. 아마도 재간이 좋아야 묘사가 가능하리라. 그러니 나는 내 펜대가 움직이는 대로만 쓰고 있다. 이 점도 지적해 두어야겠다. 즉, 의사는 수프를 먹을 때부터 "놀라 공동묘지에 가보셨습니까?"하며 내게 물었는데, 분명 계획적이고 직접적으로 그 같은 공격을 내게 가하면서 불쑥 본론으로 들어갔던 것이다. 내가 가보지 못했노라고 대답하자 그는 이렇게 대답했던 것이다.

"그러시군요! 가보시면 알겠지만, 그곳엔 이미 열여섯 명의 백인 무덤이 있답니다."

11월 10일

이 지방에는 표범들이 많은데, 가정집에 들어가는 것도 마다하지 않는다고 한다. 그리고 방 안은 정말 숨이 턱턱 막힌다. 나무껍질로 된 거대한 뚜껑 같은 문으로 막아놓았으니, 당연히 바람 한 점 못 느낄 수밖에……

우리의 보이들은 싹싹하고 상냥하고 열심이어서 마르고 닳도록 칭찬을 해주고 싶다. 요리사는 이 나라에서 맛볼 수 있는 가장 맛있는 요리를 해주고 있는 것 같다. 유럽인들이 입만 열면 못마땅하게 말하는 이곳 일꾼들의 결점 가운데 대부분은 무엇보다 우리가 그들을 대하고 말하는 태도와 무관하지 않다는 생각이 갈수록 커지고 있다. 우리는 함께 여행하는 일행에 대해 기뻐할 일밖에 없다. 우리는 그들에게 친절하게 말한다. 게다가 그들을 전적으로 신뢰하기에 그들 앞에 어떤 것이 놓여지더라도 그들은 변함없는 정직성을 보여주었다. 좀 더한 이야기를 하자면, 우리의 짐꾼들 앞이나 우리가 들르는 마을들의 처음 보는 주민들 앞에 그들에게 큰 유혹이 될 수 있는 작은 물건들을 방치해 두었는데도(아마 프랑스에서도 감히 그렇게 놓아둘 수 없을 것이다)—
사실 누가 훔쳐간들 누구의 소행인지 찾아내기란 힘들 것이
다—지금까지 없어진 물건이 하나도 없다. 우리와 우리가 고용
하고 있는 사람들 사이에는 서로간에 신뢰와 충심이 생겨나서,
지금까지 단 한 사람의 예외도 없이 우리가 그들에 대해 정중하
게 대해준 만큼 그들도 우리를 진심으로 대해주었다.[2]

나는 아둠에게 읽기를 계속 가르치고 있는데, 그는 감동을 줄
정도로 열심이어서 일취월장하고 있다. 날이 갈수록 나는 그에게
점점 더 애정이 간다. 백인들이 흑인들의 어리석음에 대해 화를
낼 때 그들이야말로 대개의 경우 얼마나 어리석은 짓을 하고 있
는 것인지! 나는 그들의 두뇌가 캄캄한 어둠 속에서 굳은 상태
로 오랫동안 정체되어 있었기에, 아주 느린 속도에 의한 발달만
이 가능할 것으로 생각한다. 요컨대 백인들은 흑인들을 다시 그
어둠 속으로 밀어넣으려고 부단히 애쓰고 있는 것 같다!

....

2) 너무 이른 것처럼 보일 수 있는 이 생각은 갈수록 더 굳어졌다. 그런데 고백하지
만, 나는 공무원들과 상인들, 백인들이 거의 예외 없이—적어도 말에 있어서만이
라도—자기 하인들에게 거칠게 대해야 한다고 믿는 이유를 정말 모르겠다. 그들
은 주인들에게 정말 공손하게 대하는 데 말이다. 나는 아주 매력적이고 상냥한 어
느 부인을 알고 있는데, 그녀도 자신의 하인에 대해서만은 주저 없이 '짐승 같은 인
간'이라고 부른다.

11월 11일

짧은 여정. 여섯 시에 출발하여 오후 두 시 반에 사푸아에 도착. 꽤 아름다운 숲을 지났다.

걸어서 도착했다. 1킬로미터 이상 길에 늘어선 사푸아는 여느 마을보다 서너 배는 더 크다. 잎이 부채꼴인 종려나무가 산재하는 넓은 사바나 지대에 위치한 이 마을은 멀리 숲이 둘러져 있다.

저녁 무렵, 나는 네 명의 아이들과 함께 사바나를 가로질러 가장자리까지 걸었다. 바닥이 흰 모래인 투명한 시냇물의 찻빛 감도는 물에서 모두 목욕을 했다.

숨막힐 듯한 더위.

짐꾼들이 먹을 카사바가 도착했다. 24개의 작은 바구니에 넣어 24명의 어린 소녀가 가지고 왔다. 카사바 빵 하나와 애벌레 튀김 한 줌, 그리고 사탕수수 두세 개 당 '5프랑'이라고 하사가 말했다. 나는 가격을 두 배로 쳐서 주었다. 어제 나는 백인에게는 실제 가격보다 훨씬 싸게 물건을 판다는 사실을 알았다. 이를테면 닭 한 마리에 원주민에게는 3프랑을 받으면서도 백인에게는 1프랑을 받는다. 어제, 우리의 짐꾼 한 명은 자기 대신 닭 한 마리를 사달라고 우리에게 부탁하기도 했다.

짐꾼들이 새우 몇 마리를 강에서 잡아왔는데, 앞다리는 없지만 크고 통통해서 큰새우 종류나 다름없었다. 삶았더니 말랑말랑하고 끈적끈적한 살맛이 일품이었다.

11월 12일

어제 저녁에는 우리가 주문한 북춤을 보았는데, 그저 그래서 나는 일찍 자리를 떴다. 하지만 마르는 끝까지 그 자리를 지켰다. 그 외에는 특별한 일이 없었던 저녁. 오두막 숙소 근처에서 끊임없이 울어대는 염소들. 다섯 시 반 기상. 신선한 새벽. 옅은 빛깔의 하늘. 아직 머리 위에는 상현달이 떠 있었다. (중간이 더부룩하며 부채꼴 모양의 잎에, 오렌지색 큰 열매 송이들이 달려 있는) 많은 수의 거대한 종려나무들은 스텝과 함께 고상하고 야릇한 분위기를 연출했다. 바람 한 점 없어 풀들의 살랑거림 역시 없었다. 우리가 왔던 길은 좁고 하얀 모랫길이었다. 어제 저녁 음방게에서 구한 네 명의 짐꾼을 그곳 어른들과 한 약속에 따라 돌려보낸 결과 출발이 쉽지 않았다. 네 명에 대한 보충 인원의 도착이 늦어졌기 때문이다. 하지만 어쨌든 출발해야 했다. 우리는 수비대원 한 명을 남아 있게 하여 보충 인력이 도착하면 같이 오도록 조처를 취했다. 뒤따라 온 그 네 명의 짐꾼이 모두 여자라는 사실을 알게 된 것은 사푸아에서 10킬로미터 떨어진 한 마을에서였다. 수비대원의 말에 의하면 건장한 남자들은 최후의 순간 징발을 피하기 위해 덤불숲으로 모두 달아나버렸다는 것이다. 우리를 더 분노하게 한 것은, 여자 짐꾼들이 머리에 인 짐들이 훨씬 더 무거운 것들이라는 사실이었다. 건장한 작자들이 양체처럼 가벼운 짐을 얼른 챙겨서는 우리가 보지 않는 틈을 이용해 일찌감치 앞서 달아나 버리곤 했다. 우리는 후한 보상에 대해 그 작자들이 아쉬워하기를 기대하면서 그 네 명의 여자에게 100상팀씩을 나누어 주었다. 하지만 헛된 희망이리라. 마을로 돌아가면 남자들에게 다 반납하여야 할 것이기 때문이다.

지금까지 본 마을 가운데 가장 아름다운 파코리 마을에서 짐을 풀었다. 상상을 초월할 정도로 아이들이 많았다. 몇 명이나 되는지 헤아려 보려고 애썼다. 180까지 세다가 그만 현기증이 나서 멈춰버렸다. 너무 많았다. 그 많은 아이들이 우리에게 몰려들어, 우리가 내민 손을 잡고 악수를 하면서 즐거워했다. 시끌벅적한 외침과 소란, 그리고 웃음소리들. 일종의 사랑을 표현하는 서정이었다!

저녁, 파코리. 이곳은 크고 멋진 마을이다. 독특한 품격과 품위가 있어 보인다. 주민들도 만족스러워 보였다. 나보네 광장을 떠올리게 하는 거대한 (거리 겸) 광장은 가는 모래밭이었다. 오두막 집들은 음바이키 주변의 불결하고 비위생적이며 하나같이 불쾌한 그런 집들과는 사뭇 달랐다. 넓고 아름다우며, 각 집들이 서로 독립되어 있다. 더 큰 집도 몇 채 있는데, 우리가 묵고 있는 이 집은 작은 언덕에 세워져 있어서 여섯 개의 계단을 올라가야 들어

올 수 있다. 보다 큰 집들은 모바이와 밤바리의 중간, 언덕들이 산재한 평원에서 보았던 흰개미집을 닮았는데, 어떻게 그렇게 지을 수 있었는지 나로서는 설명이 불가능하다. 우리는 반 년 동안의 휴가를 얻은 사르의 간호 중사(그는 1906년부터 간호 자격증도 없이 근무하고 있었으며, 그 가운데 십 년은 우지오 의사를 도왔다)와 오랫동안 대화를 나누었다. 그의 말에 따르면, 이곳과 이곳 주변의 모든 지역[3](카르노 분관구 전역이 아닌가 생각된다)에서는 원주민들이 납세의무를 이행하고 나면 자기 소유의 경작지에서 작물을 재배할 수 있다고 한다. 납세액 만큼의 고무를 숲에서 채취하여 지불하고 나면 자신의 농사를 지을 수 있는 것이다. 납세액에 해당하는 고무를 채취하는 데는 약 한 달 가량이 걸렸다. 이곳에서는 카사바와 참깨, 고구마, 그리고 소량의 아주까리밖에 재배하지 않는다. 백인은 염소와 닭 등을 원주민보다 훨씬 싸게 구입하는 것이 사실이라고 간호 중사도 말했다. 어떻게 보면 원주민이 그것들을 사기 위해 돈을 지불하는 경우는 거의 없을 것이다. 왜냐하면 그들은 사는 법이 없기 때문이다. 그들은 그것들을 거의 사서 먹지 않는다(마찬가지로 그들은 계란도 전혀 먹지 않는다. 기껏해야 아이들에게 깨진 계란 정도를 줄 뿐이다. 부화가 안 된 계란은 백인 여행자에게 팔기 위해 보관된다). 염소와 닭은 물물교환용 물건들이다. 화폐는 지금까지도 투창 끝에

---

3) 대회사들에 불하가 되지 않은 지방. 그 결과 그와 같은 여유와 안락함이 보인다.

붙은 쇠붙이가 사용되는데, 각 개인이 만들어 사용하는 그 쇠붙이는 개당 5프랑의 가치를 가진다. 염소 한 마리는 그 쇠붙이 여덟 개와 교환된다. 그 쇠붙이들과 몇 마리의 염소(10~50개의 쇠붙이 정도, 프랑으로 계산하면 50~200프랑 정도)만 있으면 마음대로 여자도 살 수 있다. 하지만 어떤 것들은 가격이 정해져 있기도 하다. 예를 들면, 닭 한 마리에는 1프랑, 염소 한 마리에는 4, 5프랑 등. 원주민들은 대개 물건 가격을 거의 알지 못한다. 그곳에는 시장도 공급도 수요도 없기 때문이다. 자기 아내들과 가축, 그리고 혹시 있다면 몇 개의 팔찌나 투창 끝 쇠붙이 이외의 다른 재산을 가진 원주민은 단 한 사람도 없다. 어떤 물건도 가진 것이 없으며, 어떤 옷, 어떤 직물, 어떤 가구도 가진 것이 없다. 그러니 설령 그들이 돈을 가지고 있다손 치더라도 살 물건이 없기에 아무 욕망도 불러일으키지 못하리라.

11월 13일

열한 시경에 베르베라티에 도착했다. 완전히 다른 고장이다. 하늘까지도 모습이 다르며 공기도 다르다. 이제야 우리는 호흡이라는 것을 하는 것 같다. 숲에 의해 때때로 끊기곤 했던, 3미터 높이의 포아풀과 식물들이 자라는 대초원의 아름다운 광야를 횡단했다. 기복이 대단히 심한 지방이다. 시야는 멀리까지 트여 있다. 우리가 묵고 있는 이 행정관의 숙소*(근무 인원부족으로 버려져 있다)도 고원 전방의 아주 좋은 위치에 자리 잡고 있어서 멀리까지 굽어볼 수 있다. 하지만 대개의 지방이 그렇듯 이 엄청나게 넓은 지방도 중심지라 할 만한 곳이 없다. 자연의 굴곡은 미친 듯이 사방으로 뻗어 있고, 모든 것에 경계라는 것이 없다. 마을들만이 때때로 유기적인 형성을 보여주고 있을 뿐. 마을들은 도로를 따라서만 형성되어 있는 것은 아니다. 움푹 들어간 지형에 마을이 있기도 한데, 오두막집들은 더 이상 일렬로 늘어서 있지 않다. 다양한 모습의 작은 촌락들은 때로 매력적이기도 하다.

---

* 앞에서 보았듯이 분관구의 식민지 사무소로 대개의 경우 행정관의 숙소도 붙어 있다.

파코리 다음 마을인 자오로 양가 마을 촌장은 종려나무 가지로 엮어서 만든 바구니 같은 것(이곳에서는 닭장으로 사용된다)에 작고 기묘한 모습의 동물 한 마리를 넣어 우리에게 선물했다. 내 생각에 이 동물은 나무늘보 같다.[4] 이것은 앞발에 네 개의 발가락이 있으며 검지는 퇴화되었다. 뒷다리는 매력적이며 엄지발가락은 나머지 다른 발가락과 선명하게 대조를 이룬다. 목척추골들은 뾰쪽한 돌기들이 있으며, 아주 짧은 꼬리에 고양이만하다. 귀는 두 부분으로 잘려진 형태이며 움직임이 느리다. 땅 위를 걸을 때는 서투르고 어색하지만, 기어오르는 데는 명수여서 아무 곳이나 잘 기어오른다. 거꾸로 매달리는 것에도 익숙하다. 이것은 우리가 주는 잼, 빵, 꿀 등을 흔쾌히 받아먹으며, 특히 농축 우유를 대단히 좋아한다.

'거대한' 나비 한 마리를 한 짐꾼이 가지고 왔는데, 내가 가진 청화물 병 구멍이 꽤 컸는데도 병 속에 넣는 데 애를 먹었다.

포교원 방문. 친절하게 맞아준 신부님들. 그분들이 대접한 정말 꿀맛 같은 우유 한 잔!

---

4) 나중에 나는 그 동물의 진짜 이름을 알 수 있었다. 서아프리카에 서식하는 야행성 동물로 여우원숭이라는 동물이었다.

11월 14일

포교원 신부님의 친절한 권유에 따라 우리는 베르베라티에서 하루 더 머물기로 결정했다. 저녁이 되자 우리의 나무늘보는 발에 묶어 놓은 끈을 용케도 끊고 도망갔다. 이리저리 찾던 도중, 베란다 천장 밑에 대롱대롱 매달려 있는 녀석을 발견했다. 포교원에서 보내온 두 마리의 말을 타고 그곳으로 점심 식사를 하러 갔다.

　오늘 아침, 우리는 마흔 명의 짐꾼을 돌려보내야 했다. 그들 가운데 어떤 이들은 너무도 심성이 고와서 작별 인사를 나눌 때 나는 눈물을 흘리지 않을 수 없었다. 그들은 놀라에서부터 우리와 함께 왔다. 그들 가운데 특히 키다리가 한 명 있었는데, 그는 사냥한 매의 깃털을 귀구멍에 꽂아 모히칸족 흉내를 내기도 했으며, 걸음걸이가 서툴렀지만 익살과 농담을 잘했다. 그는 카르노까지 우리와 함께 가고 싶어 했지만, 결국 헤어져야만 한다는 사실에 아쉬움을 금치 못했다. 모랫길 위에 나 있는 동물 발자국을 보여주면, 그는 "그 고기, 아주 작아요"라며 어설프게 프랑스어를 말하곤 했다.

포교원 원장신부님과 재미있게 나눈 대화. 점심을 먹기 전에 신부님은 그곳에서 2킬로미터 떨어진 곳으로 우리를 데리고 갔는데, 자신이 응가운데레에서 사온 상당수의 봉우(등에 혹이 있는 소)를 보여주기 위해서였다. 우리는 저녁이 되어서야 포교원을 나왔다.

11월 16일

어제는 수첩에 기록을 할 수 없었다. 저녁 무렵 바피오 사무소에
도착했는데, 너무 피곤했기 때문이다. 35킬로미터의 여정이었는
데, 거의 가마를 타고 왔다. 가마꾼들이 숙달되어 있지 않을 경우
이 같은 형태의 이동 수단보다 더 싫증나는 것은 없으리라. 그것
은 제대로 훈련이 되지 않은 말에 탔을 때의 흔들림처럼 그렇게
흔들리는 동체(動體)이기 때문이다. 그 안에서 책을 읽는 일이란
어림도 없다. 바뀐 풍경. 더 깊은 계곡. 대고원. 베르베라티에서
부터는 체체파리도, 수면병도 없다. 더 이상 사각형이 아닌, 갈대
지붕을 이고 토벽을 두른 둥근 가옥들. 촌장들이 입는 의복 등에
서 아랍의 영향이 느껴지기 시작했다.

　강을 건널 때마다 볼 수 있었던 아름다운 나비들. 그것들은 가
히 떼를 이루고 있었다. 처음으로 나는 어제 산호랑나비 떼를 보
았다. 대부분 하늘색 줄무늬가 있는 검은색이었다. 제일 먼저 본
것 역시 검은색이었는데, 붉은 수정빛 무늬가 몸 전체에 넓게 새
겨져 있었으며, 날개 뒷면에는 금빛 점무늬의 곡선이 하나 새겨
져 있었다. 날개에 금빛 무늬가 있는 나비를 본 것은 이번이 처음

이었다. 노랑색이 아니라 금빛 말이다. 그런데 그런 나비들이 땅바닥에 떼를 이루고 있었던 것이다! 아마도 동물의 배설물이 있는 것 같았는데, 너무 빽빽하게 붙어 있었다. 모두가 날개를 접고 있었음에도 불구하고 서로 너무 붙어 있었다. 그 배설물에 정신이 팔려서 그런지, 아니면 둔해져서인지 움직임이 전혀 없는 그것들은 엄지와 집게손가락으로 잡아도 날아갈 생각을 하지 않았다. 물론, 상처가 날지 몰라 날개가 아닌 전흉부를 잡았는데도 말이다. 그렇게 나는 완벽한 상태로 훌륭한 것 열 마리를 잡을 수 있었다.

어리둥절하게 한 일 한 가지 더. 다수의 벌 떼가 칼날처럼 세워진 그 나비들의 날개 위를 부지런히 기어다니고 있었다. 처음에는 그것들이 나비 날개를 물어뜯는 줄 알았다. 그런데 그게 전혀 아니었다. 그것을 빨아먹고 있었던 것이다. …… 분명 그랬다. 나비들은 벌들이 그렇게 하도록 내버려 두었는데, 도무지 이해가 가지 않는 일이다.[5]

마르는 일사병에 걸려 꽤 고생하고 있다. 대기는 숨이 막힐 지경이다. 그렇게 더운 날씨는 아닌데, 후덥지근한데다 뭔지는 모르지만 숨을 쉬기 어렵게 만든다. 우리는 여기서 하루를 완전히 휴식하며 보내기로 했다.

오늘 아침 나는 나무늘보를 길들이는 데 상당한 시간을 소비했

---

5) 아마도 이런 것 같다. 즉, 그 나비들은 부화한 지 얼마 되지 않아 날개에 달콤한 즙이 아직 남아 있어, 벌들이 그것을 빨아먹고 있었던 것 같다.

다. 쓰다듬어주는 것을 좋아하는 저놈은 내 무릎에 웅크리고 앉아 있는 동안에는 무슨 수를 써도 쫓아낼 수가 없다.

어제, 바피오에서 10여 킬로미터 떨어진 그야말로 오지를 지나가는 도중 카르노에서 급히 달려온 특사 한 사람이 뜻밖에도 프랑스에서 온 우편물 꾸러미를 전했다.

11월 19일, 카르노

카르노는 상상했던 모습과는 전혀 다르다.

이 큰 마을은 멀리까지 굽어볼 수 있는 나지막한 산허리 위에 펼쳐져 있는데, 망베레 강 줄기가 한눈에 들어온다. 하지만 풍경은 조잡하며, 한편으로는 거대한 숲이 보인다. 전체적인 경사와 방향은 명확히 구분되지 않으며, 강이 흐르는 방향 또한 구별하기 힘들다.

17일의 대사건. 행정적인 조사에 응하기 위해 급작스럽게 이곳에 소환된(우리는 그 소환에 대해 소식을 들어 알고 있었다) 행정관 블로를 만났다. 산림회사 본사에서 그에 대해 고소를 했던 것이다. 블로는 쾌활한 얼굴에 포동포동 살이 붙은 신선한 느낌을 주는 사내로 체구가 컸다. 보케르에서 개업하고 있는 약사의 아들인 그는 마흔두 살이지만 나이만큼 들어보이지는 않았다. 우리는 이전에 보다를 들렀을 때 그를 만났었는데, 앞에서 언급한 적이 있다. 보다에서 근무를 마치고 그는 아내와 여섯 살짜리 딸이 기다리고 있는 프랑스로 돌아갔었다. 음울한 그 파샤도 함께한 그 점심 식사 도중, 블로는 규칙과 규약들을 심각하게 위배하고 있는 산림회사에 대해 고발하겠다는 말을 했었다. 그런데 그 말을 들은 산림회사가 선수를 쳤던 것이다. 지사에서는 파리 본사와 전보를 교환한 뒤 블로의 신용을 실추시킬 결심을 했다. 방법은 간단했다. 자유 상인들과 한통속이 되어 놀아나면서, 그들로부터 뇌물을 받았다고 고발하기만 하면 되었다. 하지만 산림회사에 트집 잡을 일이 어떻게 없을 수 있겠는가? 그리하여 갑작스런 소환으로 그가 카르노에 도착(방기의 행정 감독관인 마르세수 씨가 그의 근무행위에 대해 조사하기로 되어 있었다)했다는 것과, 이어 놀라로 출발했다는 등의 소식을 들은 우리는 그를 만나게 되리라 예상하고 있었다. 우리는 점심을 함께 하기 위해 길 어디중간 정도에서 만날 수 있도록 조치를 취해 놓았다. 그런데 바피오를 출발할 때, 짐꾼 몇 명이 도망을 가버리는 등 어수선한 일이 벌어져 한 시간쯤 늦게 출발할 수밖에 없었다. 그런 일들로 우리가 탄 가마가 그가 탄 가마와 뜻밖에 만나게 된 것은 열두 시경 한 에움길에서였다. 대초원 한가운데였으므로, 띄엄띄엄 서 있는 몇 그루의 작은 나무가 제공하는 그늘은 좁기만 했다 …… 우리에게 말을 하고 싶어 죽을 지경인 블로는 여행자들이 대개 휴식을 취하는 시냇가까지 되돌아가자고 했다. 그렇게 할 수밖에. 우리는 아주 좋은 장소를 찾았다. 드리워진 큰 나무들 아래로는 풍부한 양의 시냇물이 빠르게 흐르고 있었는데, 너무도 맑아 목욕을 하고 싶은 유혹을 뿌리치느라 애를 먹었다. 그런 곳이야말로 자연에 더 은밀하게 몰입할 수 있는 곳인 것 같았다 …… 나는 하지만 발을 담그는 것으로 만족해야 했다. 음식이 준비되는 동안 3인용 큰 식탁이 차려졌다. 블로는 자신에 대한 산림회사의 고소장을 꺼내 보였다. 나는 블로에 대한 산림회사의 고소 내용들에 대해서는 사실 여부를 전혀 알 수 없었지만, 여행 중 내가 보고 들어 알 수 있었던 사실들로 미루어 볼 때 블로가 산림회사에 대해 작성한 고발장의 내용들에 대해서는 전혀 의심할 생각이 없었다. 그러기에 나는 그가 산림회사의 반격에 괜한 헛점을 노출하지 않기를 바랐다. 하지만 그런 말에 대해 나는 조심하지 않을 수 없었다. 블로는 극도로 상처받은 것처럼 보였기 때문이다. 사실 그럴 법도 했다. 대회사들의 힘과 능란한 수완은 상상을 초월하기 때문이다. 블로는 우연히 우리에게 (식민지) 장관이 바뀌었다는 이야기와 안토네티*가 파리에 더 오래 머물 것이라는 이야기도 해주었다.

* 당시 차드 총독.

11월 21일

(우리를 밤비오에 데려다 주었던) 랑블랭의 운전수가 왔다. 그는 이곳에 마르셰수 씨를 데리러 왔는데, 보다를 지나면서 삼바 응고토와 그의 아들이 감옥에 갇혀 있다는 소식을 들었다고 우리에게 말해주었다. 파샤는 지방 시찰을 하고 있는 중이었는데, 중사 엠바가 버젓이 그를 수행하고 있다는 이야기도 덧붙였다.

하지만 마르셰수 씨는 이곳 카르노에 있지 않았다. 현재 그는 놀라에서 (고소 사건에 대해) 조사를 하고 있는데, 블로도 그곳으로 가도록 되어 있었다.

우리는 아침에 카르노를 떠났다. 새 짐꾼들을 한 시간 이상 기다려야 했던 바람에 예상보다 훨씬 출발이 지연되었다. 마을 앞을 지나는 강을 건너기 위해 나룻배를 탄 것은 여덟 시가 족히 지나서였다. 세 번에 걸쳐 건넜는데, 우리는 제일 뒤에 건넜다. 물결이 매우 거셌기에 마음이 놓이지 않았다. 단조로운 스텝(그 사이에는 듬성듬성 숲이 보이기도 했는데, 풀보다 겨우 큰 나무들은 크고 아름다운 포아풀과 식물에 가려 보이지 않았다. 하지만 계속되는 그 두터운 생울타리는 우리의 시선을 끊임없이 잡아두었다)을 한 시간 정도 걸었을까, 우리는 일군의 많은 짐꾼들과 마주쳤다. 그 뒤에는 다섯 갈래의 가는 가죽 채찍을 쥔 몇 명의 수비대에 의해 여자 열다섯 명과 남자 두 명이 호송되고 있었는데, 목이 줄줄이 이어져 있었다. 그 가운데 한 여인은 품에 아기를 안고 있었다. 그들은, 행정당국의 명령에 의해 수비대원들이 마흔 명의 짐꾼을 징발한 당골로라는 마을에서 끌려오는 일종의 '볼모'들이었다. 수비대원들이 오는 것을 보고는, 그 마을 남자들 모두가 덤불숲으로 줄행랑을 쳤다는 것이다.[6] 마르는 마음 아프게 만든 그 행렬에 대해 사진을 찍었다. 그 길은 라바르브가 말해준 것보다 훨씬 더 멀었다. 정오경에 도착하여 잠시 휴식을 취할 수 있을 것으로 생각했는데, 네 시가 넘어서야 겨우 다다른 이곳 바키사 부간두이에서 우리는 저녁을 위해 여장을 풀 수밖에 없었다. 밤비오 지역의 마을들이나 카르노 이전에 우리가 들른 마을들과는 모습이 매우 달랐다. 아주 낮은 토벽과 뾰쪽한 초가지붕의 둥그런 오두막집들은 어떤 계획도 도로도 없이 흩어져 있기도 하고, 한군데 모여 있기도 했다. 광장 하나를 중심으로 하여 원형으로 늘어서 있는 것도 아니며, 그렇다고 일렬로 늘어서 있는 것도 아닌 그 오두막집들은 되는대로이지만 나름대로의 멋

....

6) 며칠 후에 우리는 카르노의 행정관인 라바르브를 만났는데, 그 놀라운 광경에 대해 이야기하자 그는 자신이 카르노에 돌아가면 여인들을 석방할 것이며, 그 여인들을 잡아온 민병대원들을 2주의 감옥형에 처할 것이라고 말했다.

이 있다. 우리의 숙소는 황량한 한 고지대의 가장 높은 곳에 자리 잡고 있는데, 주위는——적어도 동쪽과 북쪽과 서쪽으로는——아주 멀리까지 탁 트여 있다. 극도의 회색빛 하늘. 그 아래로, 단조로운 진초록 숲으로 뒤덮인 우중충하고 광활한 황무지가 펼쳐져 있다.

오해를 사지 않기 위해 낮에는 날씨가 좋다는 말을 해두어야 할 필요가 있겠다. 하지만 아침은, 하루도 예외 없이 우중충하고 회색빛 구름으로 뒤덮여 형언할 수 없는 음산함을 느끼게 한다. 오늘 아침에도 출발할 때는 짙은 안개로 녹색 색조가 완화되어 보였으며 시야가 다행스럽게도 제한되었다. 그러지 않을 경우, 눈을 뜨면 다가오는 그 희망 없는 태양 아래의 환희 부재의 초록빛과 활기 없는 흐릿함.

그로 인해 어떤 신도 어떤 숲의 요정도 어떤 목신도 살고 있지 않은 듯한 풍경이, 그리고 신비도 시정도 없는 냉혹한 풍경이 펼쳐지기 때문이다.

가마 안에서 독서는 할 수 없어 『악의 꽃』*에 대해 알고 있던 것들을 다시 훑어보았다. 새로운 시 몇 편도 알게 되었다.

* 프랑스 상징주의 시인 보들레르(Charles Baudelaire, 1821~67)의 시집(1857).

11월 22일

여섯 시가 되기 전 바키사 부간두이를 출발했다. 아이들이 모두 달려나와 마을 어귀까지 우리를 뒤따랐다. 짙은 안개. 경치가 다시 원경을 회복했으며 지층의 습곡은 더 광활해졌다. 오랫동안 산등성이를 따라가던 우리는 깊은 골짜기로 내려가기 시작했다. (정오가 되기까지) 겨우 한 시간의 휴식을 제외하고는 계속 걸었다. 그런데도 전혀 피곤하지 않았다. 우리는 그렇게 25킬로미터 가까이를 걸었다. 하루 여정을 마무리하기 전, 억수같이 퍼붓는 비 때문에 우리는 어쩔 수 없이 가마 안으로 들어갔다. 지금까지는 주로 밤이나, 아니면 우리가 휴식을 취할 때만 일어났기에 우리는 회오리바람을 피할 수 있었다. 그런데 낮에 쏟아지는 비는 폭풍우는 아니었다. 하늘은 변함없이 회색이어서 소나기가 꽤 오래 갈 것 같은 느낌이었다. 다음 마을에 도착할 때까지 비는 줄기차게 쏟아졌다. 그 때문에 북춤도 아이들의 외침 소리도, 그리고 노래 소리도 들을 수 없었다. 그런데 어느 마을에서부터인가 술에 잔뜩 취한 듯한 여인들의 합창, 특히 우리가 '미친 노파들'이라고 불렀던 그런 몸놀림의 여인들은 보이지 않았다. 마을마다 만나게 될 것만 같던 그런 여인들이 사라진 것이다.

한 시간 동안의 좀 음울한 기다림. 마침내 비가 멎었다. 다시 출발했다. 나는 나의 '댕디키'*를 가마에 태웠는데, 그 때문에 나 역시 잠시 가마에 올랐다. 출발 한 시간 뒤, (바키사 부간두이와 그 지역의 모든 마을처럼 집들이 배치된) 세세나라는 아주 큰 마을에 도착하여 점심을 먹었다. 우리는 다시 긴 여정에 올랐는데, 이번에는 가마를 이용했다. 네 시경, 우리는 피곤에 지친 채 아보 보야페에 닿았다. 라바르브 행정관이 첫째 날 저녁을 보내게 될 것이라고 말했던 곳이 바로 이 마을이었다. 유럽인들이 제공해준 정보는 그렇게 거의가 맞지 않았다.[7]

---

* 나무늘보를 그렇게 부름.

7) 그에 대한 해명은 이렇다. 즉, 그곳에서는 오로지 걸어서 주파한 시간만으로 말하기 때문이란다. 그런데 유럽인들은 전혀 가마에서 내리지 않고 여행길을 재촉하는데, 그것도 2, 3개조의 가마꾼들을 계속해서 교대하면서 길을 재촉한다. 그러니 같은 여정인들 짧은 시간에 주파될 수밖에 없다.

11월 23일

어제는 여정이 길었다. 열 시간(그 가운데 두 시간은 휴식, 한 시간 반은 가마를 탔다)의 행정. 여섯 시간 반을 도보로 여행했다. 거의 6킬로미터의 시속이었다. 우리는 그렇게 빨리 걸었던 것이다. 너무도 피곤해서 나는 거의 잠을 이룰 수 없었다.

이렇게 가공할 먼 곳에서 여행하는 동안 나는 끊임없이 프랑스의 상황에 대해 미친 듯이 생각했다. 그리고 또 M에 대해서도. 그녀를 생각하면 불안하기까지 하다. 아, 그저 그녀가 잘 지내고 있는지만이라도 좀 알 수 있으면 좋으련만! 그리고 또 내가 없이도 잘 견뎌내고 있는지도 좀 알 수 있었으면······

니코 마을에 도착. 마을 촌장이 보인 악의. 식사를 마친 뒤 곧장 출발하기 위해 심부름꾼 한 사람을 먼저 마을로 보내 카사바를 구해놓도록 했는데 전혀 구하지 못했다. 마을 오두막집들을 수색하여 구할 수밖에 없었다. 하지만 그 심부름꾼을 통해 마을 촌장에게 우리의 짐꾼들이 먹을 카사바를 구해줄 경우(사실, 그로서는 밭에서 다시 추수만 하면 되었다) 값을 두 배로 쳐주겠노라고 약속을 했기에, 그 어리석고 완강한 촌장에게 그에 걸맞은 금액을 지불해주었다. 우리가 강압적인 행동을 취한 것은 이번이 처음이었다.

저녁 무렵, 황혼이 너무 아름답다. 우리는 아바에 도착했다. 이 내 하늘은 다시 구름. 마을의 깊은 적막감. 때때로 대기를 뒤흔드는 귀뚜라미들의 날카로운 콘서트.

뒤에 처진 짐꾼들이 한 사람 한 사람 도착했다. 여러 명이 절뚝거렸으며 기진맥진해 보였다. 몇 명에게는 키니네를 복용시켰으며, 카사바 빵도 나누어 주었다. 그들은 지금 활활 타오르는 불 주위에 빙 둘러 앉아 있다. 하늘에는 별이 총총하다.

나는 나의 댕디키를 우리에 넣어놓지 않았다. 이놈은 오늘 하루 온종일(이미 어제도 그랬다) 가마 안에만 있었는데, 가마의 지붕 돗자리를 받쳐주는 대나무 줄기를 발톱으로 움켜잡고 있거나, 아니면 내 무릎에 웅크리고 앉아 있었다. 아마 이놈보다 더 쉽게 사람을 믿는 동물은 없으리라. 이놈은 빵이 됐든 카사바가 됐든 크림이 됐든, 아니면 잼이 됐든 과일이 됐든 내가 주기만 하면 어떤 것이든 주저 없이 받아 먹는다. 이놈에게는 한두 가지 참지 못하는 일이 있는데, 움직임을 재촉하거나 이놈이 잡고 있는 것에서 떼어놓으려 할 때가 그렇다. 그럴라 치면 이놈은 무섭게 화를 내면서 앙칼지게 짖어댔으며, 안간힘을 다해 물어뜯으려 했다. 이놈이 붙잡고 있는 것들에서 떼어놓기란 가히 불가능한 일이다. 잡고 있는 것이 오히려 부서지고 말 것이다. 하지만 팔에 안으면 금세 누그러져서 반갑다고 핥아댈 것이다. 어떤 개나 고양이도 이놈보다 더 다정하지는 못할 것이다. 마을을 산책하는 동안에는 내 허리띠나 와이셔츠 칼라, 아니면 내 귀나 목에 꼭 붙어 있는다.

아주 만족스럽게 『친화력』 몇 쪽을 읽었다. 저녁마다 아둠에게 읽기를 계속 가르치고 있다.

11월 25일

어제는 하루를 아바에서 보냈다. 휴식을 취한 것이다. 마르는 오두막집들의 내부를 둘러보고 감탄한 나머지 나까지 데리고 갔다. 몇 집을 들어가 보았는데, 입구에 만들어진 낮은 벤치 등받이랄 수 있는 약간 오목하고 두터운 흙병풍 겸 벽에 나 역시 감탄하지 않을 수 없었다. 그 칸막이 벽 뒤에는 '크레쿠아'[8]가 안락하게 놓여 있었다. 그 두터운 흙병풍은 아름다운 효과를 자아내는 검은 광택과 황톳빛으로 어우러진 널찍하고 기하학적인 장식물로 간소하게 꾸며져 있었다. 원형의 오두막집 겉 벽에는 문신을 넣은 것처럼 오돌토돌하게 장식된—광택을 발하는—큰 도기들이 쌓여 있었는데, 그 안에는 물과 카사바가 보관되어 있었다. 그것은 크레쿠아, 그리고 돗자리와 함께 그 오두막집의 유일한 물건, 혹은 가구였다. 대개 그렇듯이 한 패의 아이들이 우리를 따랐다. 대부분의 아이들이 잘 씻지 않아 창피를 주었더니, 그 가운데 몇몇은 집으로 얼른 돌아가 목욕을 했는지 얼굴에 반짝반짝 윤이

---

8) 대나무 오리목으로 만들어진 일종의 낮은 침대.

나는 상태로 다시 나타났다.

마르는 아이들에게 광장에서 달리기 시합을 시켰다. 아이들은 예순 명이 넘었는데, 그 시합을 보며 부모들은 즐거워 어쩔 줄 몰랐다. 아주 친절한 촌장. 그는 우리의 태도가 마음에 든 것 같았는데, 우리 역시 그의 모든 친절에 대해 넉넉하게 보답했다. 짐꾼들이 북춤을 추었다. 무용수 한 명이 솔로로 아주 양식화된 춤을 추었는데, 이어 보여준 암탉과 발정난 암말, 그리고 알 수 없는 어떤 동물의 흉내에 관객들(특히, 몰려든 아이들)은 열광했다.

짐꾼들 가운데 여러 명이 치료를 받으러 왔다. 그 중 네 명은 집으로 돌려보냈는데, 다섯 번째 짐꾼은 해고당하지 않기 위해 우리와 신중하게 승부를 겨루는 것 같았다. 그리하여 우리는 그를 돌려보내지 않았는데, 다음날 우리와 같이 간 그는 짐을 지지 않으면 돈을 받지 못할 것이라는 것을 알고는 아프다는 소리를 더 이상 입 밖에 내지 않았다.

오늘 아침, 여섯 시가 못 되어 출발.

아바를 떠나 도착한 아름답고 큰 첫 번째 마을(바르바자 마을이 아니었던가?)에서 우리는 노랫소리에 이끌렸다. 장송곡이었다. 우리는 그 마을 가장자리에 너덧 채를 둘러싼 울타리 안으로 들어갔다. 한 노파가 죽었다. 자식과 친지들이 모여 있었는데, 그들은 시편 송독 같기도 한 운율 있는 노래로 그들의 슬픔을 달랬다. 우리는 키가 크고 나이가 꽤 든 죽은 노파의 아들에게 소개되었다. 그의 얼굴은 눈물로 뒤범벅이 되어 있었다. 그에게 인사를 건네는 동안에도 그는 노래를 계속하면서 흐느껴 울었다. 장송곡은 이따금 오열에 의해 끊기곤 했다. 다른 문상객들의 얼굴도 온통 눈물로 뒤범벅이 되었다. 우리는 울음소리가 가장 크게 들리는 방 쪽으로 다가갔다. 감히 들어가지는 못했는데, 비둘기집이나 벌집 입구를 닮은 그 방문 쪽으로 몸을 숙이자 갑자기 노랫소리가 멈췄다. 방 안에 어떤 움직임이 있더니, 이어 몇 명이 밖으로 나왔다. 우리에게 자리를 양보하려는 것이었다. 그들은 우리에게 들어가 주검을 보도록 허락했다. 주검은 잠을 자고 있는 사람처럼 자연스럽게 한쪽 구석 바닥에 뉘어 있었다. 운집해 있는 그 사람들은 어두컴컴함 속에서 장례를 계속했다. 몇 사람이 주검에 다가가 엎드렸다. 그들은 마치 노파를 일으키기라도 하려는 듯 두 팔과 상체를 껴안아 들어올렸다. 우리가 볼 수 있는 얼굴들은 모두 눈물에 젖어 번쩍거렸다. 오두막집에서 멀지 않은 울타리 안에는 두 명의 원주민이 수직으로 깊은 구덩이를 팠다. 구덩이 모양으로 볼 때, 시체를 꼿꼿이 세운 채 매장하는 게 분명했다. 우리는 마을을 둘러보았다. 각 오두막집 가까운 곳에는 흰 자갈이 깔려 있는, 나뭇가지들로 나지막하게 둘러쳐져 있는 작은 직사각형의 형체들이 보였는데, 사람들은 그것이 무덤들이라고 말했다. 예상했던 대로다. 우리는 중앙아프리카 원주민들이 죽음에 대해 전혀 두려움이 없으며, 아무 곳에나 매장을 한다는 말을 얼마나 많이 들어왔던가? 하지만 적어도 그 사람들만은 그렇지 않았다.

좀 피곤한 몸으로 아보 부그리마에 도착. 목욕을 한 뒤 차 한 잔을 마시고 나니 『친화력』 속으로 빠져들고 싶은 욕망 외에 아무런 욕망이 일지 않았다. 사전이 없어 안타깝지만 기대했던 것보다 훨씬 잘 독해할 수 있었다.

고독과 고요. 어둠. 이곳 풍경들은 별로 감동적이지 못하다.

11월 26일

눈부시게 아름다운 아침. 너무도 오랜만에 맞는 맑은 아침이다. 프랑스령 적도 아프리카에 들어온 이후, 우리는 안개 낀 뿌연 아침만을 보아왔던 것 같다. 아! 완전히 갠 하늘은 아니지만 그 어느 때보다 따갑게 쏟아지는 햇살이다. 이곳이 훨씬 더 아름답게 보였던 것은 단지 이 햇살 때문만이었을까? 그렇지만은 않다. 종종 지면에 솟아 있는 바위들과 거대한 화강암 표석들은 이곳만의 고유한 풍경을 보여주었던 것이다.

사바나에는 우리나라 것들 만한 나무들이 도처에 성긴 숲을 이루고 있다. 때때로 몇 그루씩 모여 있는 부채꼴 잎의 야자수들. 오묘하고 연한 푸른색 하늘. 건조하고 상쾌한 공기. 호흡은 감미롭다. 그렇게 먼 거리를 도보로 여행했다는 생각에, 또한 우리 앞에 감감히 펼쳐졌던 그 광활한 대지를 횡단했다는 생각에, 나의 전 존재는 그야말로 열광의 도가니 같았다.

우리는 보이와 짐꾼들보다 훨씬 앞서 이곳 바부아 마을에 도착했다. 면도를 하고 얼굴을 씻은 다음 밀감과 바나나를 좀 먹었다. 내가 이 글을 쓰고 있는 지금까지도 그들이 도착하지 않아 기다려진다.

11월 27일, 바부아

어제 저녁, 아둠은 일행들보다 훨씬 늦게 절뚝거리며 도착했다. 급성결체조직염이 아닌가 걱정했지만, 어떻게 해야할지 몰랐다. 내가 할 수 있는 일이라고는 젖은 압정포를 붙여주는 것뿐이었다. 키니네와 로페인도 한번 복용시켜보았다. 그러다가 그는 어두컴컴한 곳에 누운 채 잠들었다. 오는 도중 그는 구토로 두 번을 쉬어야 했는데, 더위는 정말 숨을 콱콱 막히게 했다.

행정관의 집과 우리의 숙소는 마을에서 몇 백 미터 떨어진 곳에 있다. 해가 지기 전, 우리는 통역을 해주는 사람 한 명을 데리고 새로 선출된 두 명의 촌장과 함께 마을을 둘러보았다. 놀랍게도 그 마을은 거의 버려져 있었다. 진짜 촌장은, 함께 행동하는 일이 그에게 애정을 표현하는 길이라고 생각하는 마을 사람들을 데리고 도망을 가버렸던 것이다.* 인접한 카메룬 땅으로 서른 가족이 도망쳤다고 했다. 나머지 200여 명은 몇 개월 전부터 멀리 떨어진 덤불숲으로 들어가 그곳에서 흩어져 살고 있었다. 우리는

---

*그 마을 사람들의 작업비와 돗자리 대금으로 프랑스 행정관이 지급한 700프랑을 가지고 도망갔다.

도망간 촌장의 버려진 집으로 가 보았다. 토벽과 갈대 칸막이 미로를 거쳐 들어갈 수 있는 그 집은 매복과 방어에 용이하게 지어졌다. 집 뒤편으로는 그의 아내들이 살았던 오두막집들이 마당 쪽을 바라보고 반원형을 이루고 있었다. 물론, 모두 비어 있어 황량한 모습이었다.

　오늘 아침, 하늘은 지금까지 살아오면서 본 것 가운데 가장 맑고 찬란했다. 상쾌한 공기, 쏟아지는 햇살. 사방을 둘러보아도 눈이 부셨다. 바부아는 대략 해발 1,100미터 고지에 위치해 있다. 어제 저녁에는 추울 정도였다. 라바르브가 정오경에 도착했는데, 녹초가 되어 우리가 초대한 점심 식사에도 응하지 못했다. 그에게는 신속히 처리해야 할 몇몇 긴박한 사건도 있었다. 그 사건들을 해결하고 나서야 식사가 가능할 것 같았다. 아마 점심 식사도 못했을 것이다. 세 시경에 그를 보러 가기로 했는데, 그 기회에 고통이 더 심해진 아둠을 데리고 갈 심산이었다. 그 불쌍한 사내는 잠을 이룰 수가 없었다. 누운 상태로 있기조차 어려운 그는 크레쿠아 위에서 바짝 쪼그린 채 밤을 지샜다. 라바르브는 의학을 공부했으므로 나는 그의 조언을, 아니 가능하면 치료까지도 초조하게 기대했다. 그는 낮에 고름 주머니를 찢어 그 안에 거즈를 넣어야 될 것이라고 말했다. 아둠은 거절했지만 짐꾼들이 그를 행정관 숙소까지 끌고 갔다. 옷을 벗으라고 하자 그는 난색을 보였다. 나는 처음에는 수줍어서 그런 줄 알았다. 이런! 옷을 벗자 사타구니 가까이에 엄청나게 큰 농포가 여러 개 모습을 드러냈다.

옷 벗는 것을 주저하는 것을 보고 이미 눈치를 챈 라바르브는 히죽히죽 웃으면서 빈정대는 말투로 아둠을 좌불안석으로 만들었다. 그것은 보통의 임파선염이 아니라 성교에 의해 감염된 임파선 종창이었다. 하지만 그 종창은 이미 익어 터지려 하고 있었기에, 라바르브는 따뜻한 물을 적신 압정포를 붙여주는 것으로 일단 치료를 마무리했다. 그는 농담을 하면서 아둠에게 이것저것을 물어보았다.

그 불쌍한 사내가 술에 취해 그 짓을 했던 것은 40여일 전, 그러니까 포트 크람펠에서 고향 친구를 만난 뒤 새벽에 돌아왔던 그날 저녁이었던 것이다. 아직은 너무 어린, 그러므로 당연히 순결한 그 육체가 그처럼 처참한 상처로 싱싱함을 잃다니 마음이 아팠다. 하지만 원주민들은 그런 매독을 확실하고도 근원적으로 치료해 주는 몇몇 식물을 알고 있다고 라바르브는 이야기했다. 그는 또 그들은 매독에 대해서는 우리나라 사람들처럼 그렇게 심각하게 생각하지 않는다는 말도 덧붙였다. 매독에 걸려보지 않은 원주민은 한 명도 없을 정도이며, 그 병으로 죽는 사람 또한 한 사람도 없을 것으로 생각한다고 말했다.

11월 28일, 바부아

연이은 쪽빛 찬란한 하늘.

라바르브에게 아둠을 다시 데리고 갔다. 어제 저녁, 상처의 고름이 터지자 마음이 놓인 환자는 잠을 잘 잤다. 그는 돗자리 위에 누웠다. 라바르브가 종기들에서 엄청난 양의 고름을 짜내는 동안, 나는 그의 두 팔을 잡고 있었다. 환자는 아파서 몸을 비틀어 댔다. 터진 상처 안으로 요오드를 적신 거즈를 깊숙이 밀어 넣을 때 그는 훨씬 더 아파했다.

휴식과 독서로 하루를 보냄. 머릿속이 하늘처럼 맑고 청명해짐을 느낀다.

해가 지고 있다. 보라색 안개 장막 뒤의 찬란한 진홍빛 태양. 이미 동쪽 하늘에는 보름달이 떠오른다.

11월 29일

새벽에 바부아를 출발. 새로 온 짐꾼들. 말할 필요도 없이 짐 배분에서 서로 미루고 말다툼을 했다. 걸을 수 없는 아둠을 신고 갈 들것도 하나 빌려야 했다. 나는 일행의 짐 배분 문제를 마르에게 맡기고 먼저 출발했다. 목적지에 도착할 때까지 모든 길을 일행의 선두에 서서 아주 '명예롭게' 걸었다. 날씨는 쾌청했다. 이전의 마을들에서 지금까지 보아왔던 것과는 달리, 이번의 마을길은 청소도 잡초도 제거되어 있지 않았다. 잡초가 그토록 길을 가로막을 수 있으리라고는 정말 생각도 못했다. 폭이 2, 3미터의 넓은 도로인데도 무성한 잡초들이 온통 길을 뒤덮는 바람에 제대로 나아갈 수 없었다. 잡초들은 아직 이슬에 젖어 있어서, 그 사이를 헤치며 걸어가는 우리의 옷은 곧 흥건히 젖어버렸다. 마리고에 가까워지자 사정은 더했다. 도로는 아예 무성한 식물들로 덮여 보이지 않았다.

　여섯 시간 가량을 걸은 우리는 길을 가로막는 시냇물을 만났다. 그것은 교목들이 이루는 둥근 회랑 밑을 흐르는 여느 시냇물과는 달리 탁 트인 공간 사이를 흐르고 있었다. 특별히 맑지도 않앞으며 그렇게 깊지도 않았다. 그렇다고 물의 양이 아주 많은 것도 아니었다. 그것은 곧 방향을 틀어 너무도 깨끗하고 반들반들한—놀랄 만큼의 향기를 풍기는 작은 나무 한 그루에 의해 시원스럽게 그늘이 진—화강암들 사이로 낙하했다. 나는 그 시냇물의 유혹에 무릎을 꿇고 말았다.

계속해서 달빛 아래를 걷고 싶은 마음 간절했지만, 저녁이어서 나나 강을 건널 수 없었다. 어쩔 수 없이 디바에서 하룻밤을 묵었다. 초라한 마을이었다. 숙소 역시 보잘것없었지만 만족하지 않고 어떻게 하랴! 문들은 부분적으로 짚으로 장식되었다. 위협적인 불개미집 하나에 불을 질렀다.

11월 30일

주위로 오두막집이 산재해 있는 황무지에서 본 세 그루의 나무.
한 그루는 다른 것들에 비해 엄청나게 더 컸다. 완벽한 달빛의 적
막한 밤. 새벽에는 시원했다. 소나기처럼 흠뻑 내린 아침 이슬. 밀
려오는 여명 앞에서 보름달 빛이 창백해지기 시작할 때 우리는 출
발했다. 마녀들이 밤의 잔치에서 돌아오는 환상적인 시간이랄까.

나나 강까지는 걸었다. 좁은 카누 한 척으로 짐을 실어날라야
했으므로 강을 건너는 데 많은 시간이 소요되었다. 건너편 강둑
에는 거대한 수목들이 혼잡하게 뒤얽혀 있었다. 꽤 가파르게 경
사진 강둑은 나무들을 더 높게 보이게 했다. 상승하는 안개에 가
리워진 하늘 위에서는 햇빛이 뿌옇게 비치고 있었다. 이전에 며
칠 동안 그랬듯 찬란한 날씨였다. 강바닥을 장대로 밀며 건너오
는 쪽배의 왜소함, 게다가 그 위에 탄 점처럼 작은 인간의 모습은
건너편 강둑의 나무들이 얼마나 거대한지를 가늠하게 해주었다.

나는 이 글을 저녁 식사 후에 쓰고 있다. 오늘 저녁 묵고 있는
이 다이 마을 상공에는 보름달이 덩그렇게 비치고 있다. 동쪽으

로는, 내일 힘겹게 올라야 할 부아르의 고지대가 푸른 안개 속에 겨우 모습을 보이고 있다. 대지는 바람 한 점 없다. 어둡다기보다는 바다처럼 푸른 하늘에는 구름 한 점 보이지 않는다. 그만큼 달빛은 더욱 밝다. 저 앞쪽으로는 보이들과 짐꾼들이 불을 지르며 놀고 있는 모습이 보인다. 더 전방으로는 이 마을 사람들이 피운 불꽃들이 타오르고 있다. 그들은 자기들 마을을 버리지 않았다. 우리가 도착했을 때는 이미 밤이었는데도, 그들은 백여 명이나 모여들어 우리를 밀쳐대며 환영의 표시를 대신했다.

12월 2일, 부아르

며칠 전부터 덤불숲에 불을 지르는 축제가 시작되었다. 멀리서 들려오는 톡톡 불꽃 튀는 소리들. 밤에도 불은 꺼지지 않고 먼 덤불숲을 훤하게 비치며 탔다. 하늘을 향해 피어오르는 새까만 연기 줄기들. 어제, 한 시경 우리는 부아르에 도착했다. 태양은 뜨거웠지만 공기는 맑고 쌀쌀하기까지 했다. 많이 올라온 것 같지도 않은데, 마을 어귀에 있는 숙소에서 내려다보는 광경은 광막하다. 서쪽으로는 이틀 동안 힘겹게 걸어온 곳들과 그저께 묵었던 지평선 부근의 고지가 보인다. 남쪽(즉 카르노 쪽)으로는, 나나 강 유역을 따라 더 멀리까지 내다보인다.

어제는 석양이 하늘을 자줏빛으로 가득 물들였다. 하지만 오늘 아침 이 글을 쓰는 지금, 하늘은 말로 표현할 수 없을 만큼 맑고 푸르다. 진초록 숲들과 청록빛 대초원 위쪽으로 걸쳐 있는 몇 줄기의 진주못빛 안개. 드문드문 큰 화강암 표석들이 박혀 있는 오두막집 앞의 황무지 풍경. 숙소 뒤편으로는, 수비대가 주둔하고 있는 최근에 지은 마을의 오두막집 몇 채가 보인다. 아마 프랑스에서는 너도밤나무라고 불릴 몇 그루의 나무들과 함께.

12월 3일, 부아르

1킬로미터 떨어진 곳에 있는 옛 독일사무소를 보러갔다. 돌풍으로 반쯤 파괴된 그곳에서 내려다 보이는 경치는 멋졌다. 망고나무와 알로에가 심어졌던 가로수 길의 흔적들. 알로에의 꽃대들 위에서는 작은 알로에들이 새롭게 돋아나고 있었다. 그러기에 꽃대를 흔들자 씨앗들이 떨어지는 것이 아니라, 이미 단단해진 잎과 뿌리를 가진 작은 알로에들이 우수수 떨어졌다. 옛 독일사무소 건물들 가운데 한 곳에는 토마토가 몇 그루 있었는데, 나는 그 열매를 가득 따가지고 돌아왔다.

재스민도, 은방울꽃도, 라일락도, 장미꽃도 그저께 내가 그 주위에서 목욕을 한 그 작은 관목의 꽃들만큼은 방향이 진하지 못하리라. 가는 관을 가운데 두고 네 쪽으로 갈라진 장밋빛 섞인 흰 산방화서(繖房花序)의 작은 꽃들. 그리고 자태와 잎, 꽃이 월계수를 닮은 작은 나무. 인동덩굴의 그 농축 향기.

12월 4일

새로 올 짐꾼들을 기다려야 했던 관계로 꽤 늦게 부아르를 출발했다. 어제 저녁에 도착한 라바르브도 함께 출발했다. 하지만 우리는 보즘으로, 그는 카르노로 향했다. 어제 우리는 짐꾼들의 품삯을 지불했다. 돌아갈 때의 식사비로 행정당국에서 이미 그들에게 1프랑씩을 선불로 지급했다는 사실을 알지 못했다. 그러므로 우리는 4프랑이 아닌 3프랑씩만 지불했어도 되었다. 다시 라바르브의 말에 의하면, 한 사람당 하루치 카사바 빵 값으로 나는 40상팀 정도씩을 지불했는데, 그것 역시 그 정도까지 지불하지 않아도 되었다. 그들은 하루 약 25상팀 어치 정도를 먹는다고 라바르브는 말했다. 포트겔탈에서, 죄수에게 하루 식비로 7수밖에 배정하지 않은 것에 대해 내가 분개한 것이 그리 오래 전이 아니다. 짐꾼들은 행정당국으로부터 하루 1프랑(나는 1프랑 25상팀으로 알았는데 그렇지 않았다)을, 멀리 이동하지 않을 경우에는 50상팀을, 그리고 짐을 운반하고 돌아올 때의 일당은 25상팀을 받는다. 일반적으로 돌아올 때는 갈 때보다 시간이 채 절반도 걸리지 않기 때문이다.

때때로 그들은 서혜부(鼠蹊部)의 오금을 지나가는 가죽 띠나, 아니면 줄 띠 하나만을 찬다. 성기는 그 띠에 매달린 갈색이나 붉은색 나무껍질 조각 하나로 천 조각 하나로 겨우 가릴 뿐이다. 띠는 그렇게 다리 사이를 지나 천골(薦骨) 위로 다시 이어진다. 깨끗한 한 편의 멋진 그림 같은 모습이다.

　　어제 저녁에는 달이 아직 뜨지 않아서 캄캄한 어둠 속에서 친한 사람들끼리 북춤을 즐겼다. 열두 명이 모여 즐긴 보잘것없는 춤놀이였다. 수비대 주둔지 앞 야외에 피워진 모닥불. 야회의 연장. 우리가 모닥불 옆에서 이런저런 이야기를 나누고 있는 동안 제제와 아둠은 수비대병들과의 노름에서 이달치 급여를 모조리 잃었다. 아둠은 전달치 보수까지 다 잃어버렸다. 그는 그 돈을 벌써 4년 전 떠난 그의 어머니, 아베셰에 살고 있는 그의 어머니에게 보내기 위해 쓰지 않고 보관하고 있었던 것으로 나는 알고 있다.

　　그 수비대 병사들은 그 짓을 하기 위해 마지막 저녁을 노리고 있었던 것이다. 우리가 출발준비를 하느라고 너무 바빠 이 일에 대해 신경을 쓸 수 없을 것으로 생각했던 것이다. 아니나 다를까 우울한 모습을 하고 있던 아둠이 내가 묻는 질문에 자초지종을 고백했을 때는 이미 부아르에서 먼 곳에 와 있었다. 나는 그에게 어리석은 짓을 했음을 이해시키려고 애썼다. 그리고 그 수비대병들이 노름에서 사기를 친 것이라고 말했다. 그들이 속임수를 썼다고 말하자 그는 '속임수'라는 말에 무척 재미있어 했다. 그는 아직 그 말을 이해하지 못했던 것이다.

12월 8일

어제 저녁, 우리는 다시 자동차 길을 이용하게 될 보즘에 도착했다. 오랜 도보 여행은 이렇게 끝이 났다. 랑블랭이 차를 보내 우리를 사르까지 데려다 주기로 되어 있다. 3주 전 총독의 요구에 따라 보즘에 도착할 날짜를 이미 편지를 통해 알려주었다. 하지만 우리는 당초 예상보다 하루 빨리 도착했다. 마지막 코스를 두 번으로 나누기로 했었는데, 한 번으로 줄여버렸기 때문이다. 새벽 네 시에 바타라를 출발한 우리는 오후 한 시에 쿠이고레에 도착했으며, 이곳 보즘까지의 남은 20킬로미터도 저녁이 되기 전에 충분히 도착할 수 있을 것 같아 세 시경 다시 출발했었다. 조급한 마음에 가마에서 내려 마지막 조금 남은 길을 속보로 걸었다. 오전에는 단조로운 풍경이 계속되었다. 미나리아재비속의 참으아리속 식물들, 아니면 꽃이 피기 전의 복수초들과 (아드리아노플 근처에서 볼 수 있는) 봉오리진 작약들. 쿠이고레에서부터 모습을 보이던 아름다운 화강암들. 그것들은 때때로 퐁텐블로 숲에서 볼 수 있는 것들과 닮은 높은 융기들을 이루고 있었다. 경계진 한 구획의 풍경들이 눈에 들어올 때마다 그것들은 내 마음속에 프랑스의 닮은 자연 공간들을 환기시키곤 했다. 하지만 머릿속에 떠오른 프랑스의 풍경들이 항상 더 훌륭했으며, 무엇보다 우아했다. 그처럼 쿠이고레 바로 앞을 흐르는 시냇물과 몇 그루의 큰 나무 밑을 흐르는 물결, 그 물결을 가르는 바위들, 그리고 간간히 강둑을 따라 나 있는 오솔길 등, 그 모든 풍경은 우리에게 황홀한 미소를 짓게 하며 이런 말이 흘러나오도록 했다.

"그래, 영락없이 프랑스에 있다는 생각이 들어!"

보즘에서는 이곳 행정관인 이브 모렐이 우리를 맞아주었는데 아주 만족스러웠다. 그는 우리가 말하는 것에 대해서는 귀를 기울이지 않고, 자기 말만 여섯 번씩이나 반복했다. 하지만 어리석게 보이는 구석은 전혀 없었으며, 꽤 정확한 판단력을 가진 것처럼 보였다. 게다가 말투는 느렸지만 정말 재미있는 것들을 많이 이야기해주었다.

그가 빌려준 『파리』 지의 한 기사(8월 1일)에 의하면, 수데*가 건방지게도 『브리타니쿠스』**를 연출한다고 한다. 그는 그 훌륭한 희곡의 '서정성도 사상도' 인정하려 하지 않는다. 위고, 나아가 고티에에 대해 조금의 비판도 용인할 수 없는 사람에게는 좀 짜증나게 하는 일이다.

---

*Paul Souday, 1869~1929. 프랑스 비평가, 연극비평가. 『마르셀 푸르스트, 폴 발레리, 앙드레 지드』(1927) 등이 있다.
**프랑스의 고전 비극작가 라신(Jean Racine, 1639~99)의 작품. 네로와 그에게 왕위를 빼앗긴 브리타니쿠스 사이의 갈등을 그린 정치극으로, 성공하지 못했으나 부알로와 볼테르에 의해 옹호를 받았다.

6 보즘에서 사르까지

"사바나 저녁의 나무들은 띄엄띄엄 서로 사이를 두고 서 있었다.
아예 나무 한 그루도 보이지 않는 넓은 공간도 많았다.
그 나무들은 유럽의 유실수 정도는 아니라도 웬만한 크기의 나무만큼 크고
아름다웠다. 나는 봄에 풀들이 이제 막 솟아나 연초록일 때
이 넓은 초원을 다시 보고 싶었다."

12월 9일, 보즘

여행 초반(즉, 마타디에서부터)에 보았던 서로 닮은 그 많은 상냥한 아이들, 마을들의 단조로운 외관과 풍속, 그리고 짐승 취급을 받는 거의 같은 능력을 지닌 인간들이 살고 있는 비슷한 오두막 집. 나는 개성과 개별화와 차이의 부재를 목도하며 얼마나 우울해했던가…… 그런 부재는 풍경에 있어서도 마찬가지여서 견디기 힘들었다.

주변 지역을 굽어볼 수 있는 보즘. 나는 풍요롭게 쏟아지는 놀랍도록 양질의 햇살을 응시하며 홍토(紅土)*의 광장 위에 있다. 이 지역은 지층의 광대한 습곡들로 기복이 심하다.

도대체 나는 무슨 목적에서 기를 쓰며 이곳까지 이르렀는가? 모든 것이 판에 박은 모습인데 말이다. 특별히 마음에 드는 것도 경치도 전혀 없는데 말이다. 어제는, 종일 움직이고 싶은 욕망이 일지 않았다. 지평선까지 나의 시선이 닿을 수 있는 어떤 곳에도 특별한 것이라고는 하나도 없었으며, 가보고 싶은 구석 역시 한

---

*라테라이트(laterite). 건기와 우기의 구별이 명확한 열대 및 아열대 지방에 있는 새빨갛고 다공질인 토양.

곳도 없었다. 그렇지만 공기는 정말 맑다! 햇살도 매우 싱그럽다! 포근함과 상쾌함이 내 온 존재를 감싸며 기분좋게 스며든다! 건강하게 대기를 호흡할 수 있다! 얼마나 건강에 좋은 여건인가!

내가 이곳에서 발견한 이 차이에 대한 개념은—특이함과 희귀함은 그 차이에 속한다—너무도 중요한 것이어서 이 나라에서 배울 주요한 가르침인 것 같다.

이브 모렐은 이런저런 이야기를 늘어놓으며 마침내 흉금을 털어놓았다. 아직 젊은 사람이지만 이미 '카라마조프 형제'를 만들어낸 사람을 매우 닮았다.* 때때로 그는 류머티즘 발작으로 인해 가느다란 신음을 내곤 했다. 요컨대, 그는 뛰어난 사내였다. 우리는 정치・경제・윤리 등에 대해 이야기를 나누었다. 원주민에 대한 그의 고찰은 나 자신의 관찰 결과를 확인시켜주었던 만큼 더 정확하게 느껴졌다. 그는 나와 마찬가지로 흑인들의 호색과 성적 조숙, 그리고 춤에 부여된 외설스런 의미가 전반적으로 과장되어 있다고 생각했다.

그는 내게 미신적인 모든 것에 대한 흑인들의 감각 과민과 종교적 신비에 대한 공포(그로부터 고통이 결과한다)에 대해서도 이야기했다. 흑인의 신경계통이 우리의 신경계통보다 훨씬 덜 예민하다고 생각하는 만큼 그의 고찰은 더욱 더 대단했다. 처음 그

---

* 러시아 소설가 도스토예프스키(Fyodor Dostoyevsky, 1821~81)에 비유하고 있다. 모렐과는 다르게 그는 간질 발작에 걸렸다. 『카라마조프의 형제들』(1879~80) 외에 『가난한 사람들』(1846), 『죄와 벌』(1866), 『백치』(1868~69), 『도박자』(1867) 등이 있다.

가 행정관으로 있었던 중앙 콩고의 한 분관구에는, 환자가 일단 병이 나으면 자신의 치유를 확고히 하고 병든 존재의 상징적인 죽음을 뚜렷이 하기 위해 이름을 바꾸는 관습이 있다고 한다. 그는 어떤 마을들에 꽤 오랜만에 인구조사를 위해 예고 없이 갔었는데, 어떤 여자들은 자신의 옛날 이름을 부르자 공포와 쇼크로 가무러져 마치 죽은 것처럼 심한 신경발작을 일으켰는데, 그녀들이 정신을 되찾기까지 때로는 몇 시간을 기다리곤 했단다.

길에서 작은 카멜레온 한 마리를 주워 케이스에 넣어 왔는데, 한 시간 동안 자세히 관찰해보았다. 과연 놀라운 창조적 동물 가운데 하나였다. 이 글을 쓰고 있는 지금, 내 곁에는 아침에 누가 가져다준 얌전한 원숭이 새끼 한 마리가 있는데, 이놈은 내 흰 얼굴에 두려움을 느낀다. 그리하여 누가 됐든 원주민만 지나가면 나를 피해 그의 품속으로 뛰어들려 한다.

어제 발작한 류머티즘 때문에 모렐은 아직도 아프다. 그는 저녁 내내 토했다. 정오경 점심을 먹기 위해 그의 집에 갔더니 어두컴컴한 방 침대에 누워 아직도 구토를 하고 있었다. 하지만 우리는 그의 옆방에서 식사를 했다. 그에게 산화마그네슘과 중탄산염을 좀 먹게 했더니, 조금 나아진 것도 같았다. 숙소에는 키니네 외에 아무런 약도 없었다.

누가 이 보즘의 아름다운 저녁과 밤에 대해 이야기할 것인가!

12월 10일

모렐은 구토를 멈추지 않았다. 우리는 잠시 구토의 원인이 혹시 술에 있는 것은 아닌지 그에게 물어볼 수 있었다. 전날 저녁, 그는 쓴맛의 술 한 병을 우리에게 권했는데 우리는 거의 손을 대지 않았었다. 그런데 그 병은 절반 가량이 비어 있었으며, 그것 외에도 빈 위스키 병이 하나 더 있었다. 그에게서 술샘새가 나는 것 같기도 했다. …… 그리하여 나는 그에게 그 술병들에 대해 단도직입적으로 물어보았다. 그는 그것들이 자기가 먹은 것이 아니라고 정직하게 말했다. 결과적으로 그렇게 많이 마신 것은 다름아닌 그의 보이들의 짓이었음이 분명해졌는데, 그들은 주인의 병과 우리가 있다는 점을 악용하여 그렇게 과음을 하며 난장판을 쳐놓고는 그 책임을 우리에게 돌릴 수 있을 것이라고 생각했던 것 같다.

랑블랭이 보내주겠다고 약속한 차는 여전히 도착하지 않았다.

12월 11일

해질 무렵, 지평선 부근의 덤불화재가 초원의 장관을 이룬다. 보이지는 않지만 지평선 너머에도 난 듯한 저 불. 무시무시한 붉음. '부활하는 여명' 같기도 하고. 수액이 많아 아직 싱싱함을 가진 무성한 풀들은 그것들 밑으로 불길만 번지게 할 뿐 완전히 타버리지는 않는다. 그러므로 그것들의 검은 그루터기를 잇는 이글거리는 불길을 볼 수 있다.

12월 12일, 보즘

형언할 수 없는 쾌청한 하늘. 어디에서도 이처럼 아름답지는 못했다. 시원한 아침나절에 은빛 햇살. 꼭 스코틀랜드에 와 있는 것만 같다. 가벼운 안개가 평원의 낮은 곳들을 덮고 있다. 바람은 상쾌하고 기분 좋게 살랑인다, 마치 애무하듯. 마르는 덤불숲에서 타오르고 있는 화염을 영화로 찍고 있다. 나는 괴테를 읽으며 조용히 시간을 보낸다.

12월 13일

랑블랭이 보낸다는 차는 여전히 도착하지 않았다. 소식도 없다. 어떻게 해야 하나? 기다릴 수밖에 없다. 날씨는 쾌청하다. 하늘은 이보다 맑을 수 없으며, 높을 수도 없으리라. 아름다운 햇살. 바람은 포근하면서 동시에 쌀쌀한 느낌도 든다.

『친화력』 1부를 다 마친 뒤, 『파리』 지들을 들춰보았다. 모렐은 나아지고 있다. 어제 저녁 우리가 놓아준 모르핀 주사에 구토는 마침내 무릎을 꿇었다.

12월 14일

틈틈이 읽던 라 퐁텐의 『우화집』을 마침내 끝냈다. 어떤 작품도 이보다 더 그윽하고 더 지혜로우며 완벽한 것을 말해주지는 못하리라.

12월 16일

여전히 보즘에 발이 묶여 있다. 더 이상 휴식이라고 할 수 없다. 무기력 자체이다. 운동을 하지 못하므로 숙면도 취하지 못한다. 모렐은 우리에게 저녁에는 문과 창문을 열어놓지 말 것을 권했다. 표범 때문이다. 문을 닫고 있으려니 정말 숨이 막힌다. 출발해야 할 것 같다. 도보로라도.

모렐이 갖다준 (얼마 전 집배원이 배달해 준) 신문들을 읽었다. 클레망 보텔이 쓴 재미있는 기사 한 꼭지. 그 기사에서 그는 나를 랭보와 프루스트, 아폴리네르*, 쉬아레스**, 발레리, 그리고 콕토***와 함께 프랑스가 '어떤 가치도 부여하고 싶지 않은 난해한'

* Guillaume Apollinaire, 1880~1918. 이탈리아 출생의 프랑스 시인으로 입체파·다다이즘·초현실주의자들에게 많은 영감을 주었다. 1903년 살몽 등과 함께 월간 『이솝의 향연』을 창간했다. 『이단교조주식회사』(1910), 『티레시아스의 유방』(1917), 『신정신과 시인들』(1918) 등이 있다.
** André Suarès, 1868~1948. 프랑스의 비평가로 시평집 『생에 대하여』(1909~12)와 입센·파스칼·도스토예프스키를 비평한 『세 사람』(1913) 등이 있다.
*** Jean Cocteau, 1889~1963. 프랑스의 작가로 시·평론·희곡·시나리오 등 다방면에서 재능을 보였다. 시집 『희망봉』(1919), 평론집 『수탉과 아를르켕』(1918), 소설 『무서운 아이들』(1929), 희곡 「오르페우스」(1926), 영화 「미녀와 야수」(1946) 등이 있다.

작가의 본보기로 공격하고 있었다.

11월 19일의 기사에 의하면 학술원 회원에 발레리*가 선출되었다.

---

*Paul Valéry, 1871~1945. 프랑스의 시인이자 사상가로 위고와 보들레르, 그리고 고답파 등의 영향을 받았다. 오랫동안 슬럼프에 빠져 있던 그는 지드의 도움으로 다시 시를 쓰기 시작했다. 시집 『매혹』(1922), 『바리에테』(1924~44), 『예술론집』(1931), 『현대 세계의 고찰』(1931) 등이 있다.

12월 17일, 응가나모

정말 랑블랭의 차를 더 이상 기다릴 필요 없이 보즘을 출발해야 했다. 이미 너무 오랫동안 기다린 것에 대해 후회가 되었다. 잃어버린 시간이 아까웠다. 계획대로라면 지금쯤 사르에 가 있었을 것이다. …… 마흔여덟 명의 짐꾼(그 가운데 열여섯 명은 가마꾼)이 모집되었다. 이번이 일곱 번째 모집이다. 오늘의 여정보다 더 실망스러운 경우는 없었다. 숨막히는 더위. 더없는 단조로움. 그리하여 우리는 가마에서 거의 내리지 않았다. 너무 흔들려서 책을 읽을 수도 없었다.

숙소에 도착하자마자 나는 『친화력』에 빠져들었다. 근래의 저녁처럼 화려한 저녁이었다. 지평선에선 아직 꽤 높이 떠 있지만 태양은 모렐의 표현대로 '밀감 같은 모습'이었다. 그러다 한순간 태양은 열과 빛을 단숨에 잃었다. 눈부시지 않고도 바라볼 수 있는 오렌지빛 감도는 어떤 붉은색 덩어리였다. 챙 달린 모자가 필요 없는 상쾌한 시간이었다. 이어, 태양이 지자마자 귀뚜라미들의 합창이 시작되었다. 황혼녘에 나는 아주 놀라운 새 한 마리가 숙소 바로 위를 날아가는 것을 보았다. 티티새보다 조금 더 컸

다. 양날개는 엄청나게 컸는데, 마치 곡예비행을 할 때 사용되는
균형 날개 같았다.

　　조금 뒤, 어둠이 까맣게 내리자 나는 마르와 함께 그가 이미 다
녀온 마을로 구경을 갔다. 초라한 오두막집들. 거대한 사암 더미
뒤에서 웅성거리며 불을 쬐고 있는 한 무리 원주민들의 모습은
마치 선사시대를 연상케 했다.

12월 18일, 보사

(어제와 같은) 25킬로미터의 여정. 다섯 시 반에 출발했지만 중간에서 오래 지체하는 바람에 한 시경에야 도착했다. 보즘에서부터는 가마꾼들의 노랫소리를 들을 수 없었다. 사바나 저녁의 나무들은 띄엄띄엄 서로 사이를 두고 서 있었다. 아예 나무 한 그루도 보이지 않는 넓은 공간도 많았다. 그 나무들은 유럽의 유실수 정도는 아니라도 웬만한 크기의 나무만큼 크고 아름다웠다. 나는 봄에 풀들이 이제 막 솟아나 연초록일 때 이 넓은 초원을 다시 보고 싶었다.

우리가 지체된 것은, 해가 뜬 뒤 한 시간 정도나 걸었을까 할 때 인접 마을의 촌장 앞잡이에 의해 인솔되고 있는 일단의 죄수들과 마주쳤기 때문이다. 그들은 열한 명이었는데, 목이 줄줄이 가는 끈으로 묶여 있었다. 너무도 비참한 몰골을 바라보고 있자니 동정심에 가슴이 메어오는 것 같았다. 각자 머리 위에는 카사바 한 자루씩을 이고 있었는데, 분명 무거울 것임에 틀림없었다. 건장한 남자에게는 그렇게 무겁지만은 않을 짐이겠지만, 그들은 자신의 몸도 제대로 가눌 수 없는 상태인 것 같았다. 한 명은 거의 무너져 내리고 있었다. 열두세 살 정도로 보이는 그 아이는 끔찍하게 말랐는데, 기아와 피로로 인해 비참하기 이루 말할 수 없었다. 때때로 사지를 후들후들 떨곤 했으며, 뱃가죽 또한 경련을 일으키며 부르르 떨리곤 했다. 머리 윗부분은 무엇에 의해 갈려 있었으며, 두피 곳곳에 난 상처는 뜨거운 물에 덴 뒤 아물 때 볼 수 있는 그런 상태였다. 그는 완전히 웃음을 잃은 소년처럼 보였다. 나머지 사람들 역시 비참한 모습이어서 눈에 생기라고는 거의 찾아볼 수 없었다. 인솔자에게 영문을 물으면서, 우리는 바랑 속에 있는 것을 털어 그 아이의 손에 쥐어주었다. 하지만 불행하게도 딱딱하게 굳은 빵조각 세 개에 지나지 않았다. 숙소가 얼마 남지 않은 것으로 생각한 우리는 짐꾼들을 먼저 모두 보내버렸던 것이다. 그 아이는 한마디 말도 없이, 고마운 시선 한번 던지지 않고 마치 짐승처럼 그것을 삼켜버렸다. 함께 있던 사람들은 그보다 덜 마른 모습이었기에 배고픔이 덜한 것 같았다. 그들의 말에 의하면, 닷새 전부터 이미 아무것도 먹지 못했다는 것이다.

촌장 앞잡이는, 그들은 세 달 전부터 덤불숲으로 도망가 살고 있는 도망자들이라고 했다. 내 생각에 그들은 그동안 추격을 당하는 사냥감처럼 살았으리라. 그들의 말에는 서로 모순이 있었다. 그리하여 우리는 저녁에, 그들을 잡아올 것을 명령한 그 인접 마을의 촌장 코테와 그 '도망자'들이 살았던 마을(우리는 오늘 저녁에 이 마을에서 묵고 있다) 사람들에게 이것저것 물어보았다. 병든 염소들을 마을에서는 키울 수 없기에 덤불숲에서 키우기 위해 마을을 떠났다느니, 여러 명의 아이들을 앗아간 좋지 못한 운명을 피해 달아났다느니, 촌장의 명령에 의해 짐을 쌌다느니, 경작(그 마을에서는 경작이 아주 중요했다. 그런 생각을 가진 마을은 별로 본적이 없다)에 힘을 기울이기를 거부하거나 반항하기 위해서 도망갔다느니, 하는 대답들이 있었지만 모두 미심쩍었다. 우리는 그들이 한 해 전부터 이미 그 덤불숲으로 도망가 마을을 이루어 살고 있다는 말을 들었다. 그들 자신들의 진술에 의하면, 촌장 코테와 그 마을 사람들에 의해 말뚝에 묶인 채 똥오줌을 뒤집어쓰는 등 폭력을 당했다는 것이다. 아무것도 모르는 체 하는 일이란, 또는 아무것도 알 능력이 없는 체 가장하는 일이란 얼마나 어려운 일인가!

다음 사실 또한 고백할 필요가 있겠다. 즉, 피골이 상접한 그들의 몰골과 그들의 곤궁은 이미 지나온 마을들의 주민들과 별로 다를 바 없다는 것을 말이다. 지저분하게 뒤엉켜 생활하고 있는 이곳 오두막집들보다 더 비참한 곳은 없으리라. 우리가 지나가도, 웃음 한 번 인사 한 번 없다. 아! 우리는 놀라 지방의 그 '개선 장군 같은 입성'과 얼마나 다른 세상에 와 있는가!…… 죄수들과의 마주침을 (독자들에게) 이해시키기 위해서는 보즘을 출발하기 전날 시작된—모렐이 우리에게 이야기해준—그 협동 '작전'에 대해 먼저 언급해야 옳을 것 같다. 모렐은 다섯 명의 민병대원(그들은 각자 스물다섯 발의 실탄을 소유했으며, 필요할 경우에만 발사하라는 명령을 받았다)을 파견했는데, 그들은 세 명의 행정관이 지휘하고 있는 인접 지역의 민병대원들과 정해진 장소에서 합류하도록 되어 있었다. 그것은, 인접한 네 분관구의 경계에 살면서 한쪽 분관구의 행정관이 잡으러 가면 옆 분관구로 넘어가고, 또 그쪽 분관구의 행정관이 체포하기 위해 뒤를 좇으면 또 다른 분관구로 도망가곤 하는 식으로 완강히 저항하는 원주민들을 공동으로 체포하려는 작전이었다. 그곳 원주민들의 그와 같은 숨바꼭질은 오래 전부터 있어왔는데, 랑블랭 총독은 그 저항을 그날까지는 종결시키라는 명령을 내렸던 것이다. 오늘 아침 마주친 그 행렬에서 우리는 그 명령의 간접적인 한 수행을 본 것이 아니었을까?

12월 19일

여느 때처럼 새벽에 출발했다. 어제 저녁, 마을들을 지나면서 마주친 눈 뜨고 볼 수 없을 만큼 마른 꽤 많은 환자들. 수면병인지? 이틀 전부터 가마를 뒤덮고 있는, 물기 위해 우리가 한눈 팔기만을 기다리는 저 체체파리와 등에들의 소행일까?

다른 모습의 풍경. 광활한 초원. 더욱 띄엄띄엄 보이는 나무들. 하지만 더 크다. 짐꾼 한 명이 영양 떼가 있는 곳을 가리킨다. 길에서 2백여 미터 저편 풀숲에 보이는, 황금빛 반점들이 있는 20여 마리의 영양들……

마침내 우리는 우암 강에 이르렀다. 풍경은 별로 다를 게 없다.

우암 강은 아마도 센 강 크기만 할 것이다. 상류는 물살이 빠르지만 수면은 매우 잔잔하다. 부아르에서부터 본 모든 강과 시냇물처럼 진흙투성이의 물이다.

12월 20일

너무 일찍 일어남. 날이 새기를 기다리면서 반사경이 달린 램프 빛 아래서 독서. 춥다. 손끝이 아리다. 짐꾼들이 큰 모닥불을 지폈다. 떠나려 할 때 아쉬워하는 모습. 각자 타다 남은 장작불 하나씩을 손에 들고 떠났다. 우암 강 도하.

여러 작은 마을들. 문지방에 서서 우리가 지나가는 것을 힐끗 힐끗 바라보는 주민들. 인사도 없다. 오히려 우리를 쳐다보고는 등을 돌린다.

우리가 야영하는 이 마을 역시 빈곤과 불결함과 지저분함에 있어서는 그동안 우리가 지나오면서 본 마을들과 차이가 없다. 오두막들 안쪽에서 새어나오는 형언할 수 없는 악취들. 아이들은 과연 목욕이나 할까. 물은 겨우 요리하는 데나 사용될 뿐 청결용으로는 더 이상 남아 있지 않다. 물은 마을에서 2백 미터 떨어진 늪에서 흘러나와 다시 한 습지로 흘러들어 사라져버리는 변변치 못한 마리고에서 길어온다. 아침부터 도로변으로 보이는 꽤 많은 경작지들. 카사바 대신 조와 참깨, 특히 고무 카사바 나무들. 아직 너무 어려 수확할 수는 없을 것 같다. 몇몇 목화밭들.

12월 21일

여섯 시 반에 출발한 우리는 열한 시경 보상고아에 도착했다. 많은 노동자들이 도로 작업을 마무리하고 있었는데, 우리가 자동차를 이용했다면 아마 그곳을 지나는 최초의 통행자들이었을 것이다. 상당한 면적의 경작지들(특히, 조 경작지가 많았다). 하지만 마을과 주민들은 어제보다 훨씬 더 황량하고 초라했다. 때로는 도로에서 좀 안쪽으로 몇 채의 오두막집이 있었는데, 그것들은 별로 신경도 쓰지 않고 그저 대충 지어진 것들이었다. 잎이 붙은 나뭇가지들이 문을 대신했다. 우리가 지나갈 때, 그들은 인사도 웃음도 전혀 보이지 않았으며 쳐다보기조차 하지 않았다.

보상고아. 지방 순시중인 행정관 마르실라시 씨를 대신하여 잠시 그 자리를 맡고 있는 보좌관 마르탱 씨가 우리를 맞았다. 꽤 큰 식민지 사무소. 알로에 거리. 수많은 종류의 새들. '찌르레기새'라고 불리는 아름다운 흰색 섭금류 떼들. 몇 마리의 길들인 큰 멧돼지 종류.

낮잠. 숨막히는 더위.

12월 23일, 보상고아

시원한 밤. 새벽에는 춥기까지 했다. 초저녁에는 홑이불 하나만 덥고 잤는데, 새벽에는 이불 두 개, 스웨터 두 개, 잠옷 두 벌, 그리고 외투 한 벌을 더 껴입어도 추울 정도였다. 심한 감기로 너무 피곤하여 어제 저녁에는 식사를 마치자마자 잠자리에 들었다.

그런데 대낮에는 보이지 않는 것을 보려고 애쓰는 훌륭한 습관을 가진 마르는 식사 후 야영 부대 주변을 산책했다. 밤늦게 그는 자기가 본 것에 대해 흥분하며 돌아왔다. 숙소로부터 멀지 않은 곳에 있는 야영 부대에 남녀 아이들이 아주 많이 집결해 있다는 것이다. 아홉 살에서 열세 살 가량의 그 아이들은 추운 밤중인데도 겨우 풀섶으로 불을 지피고 있을 뿐이었다. 자초지종을 물어보기 위해 마르는 아둠을 데리고 그 아이들에게로 다시 향했다. 하지만 아둠은 바이야족의 말을 알지 못했다. 한 원주민이 통역을 해주겠다고 나섰는데, 그가 상고어로 아둠에게 통역하면 아둠이 다시 프랑스말로 통역하는 식이었다. 통역에 의하면 내역은 이러했다. 그 아이들은 목에 줄줄이 끈이 묶인 채 여러 마을에서 끌려왔다. 수비대원들은 보수도 먹을 것도 주지 않고 엿새 전부터 그들에게 일을 시켰다. 그 아이들의 마을은 그렇게 멀지 않아서 수비대원들은 그들의 부모형제나 친구들이 먹을 것을 가져다 줄 것으로 기대했다. 하지만 딱하게도 아무도 오지 않았다.

질문과 답변에 대한 이중의 통역은 다소 모호함이 없지 않았지만 이상의 사실은 확실한 것이었다. 확실했던 만큼, 마르가 숙소로 돌아가자마자 한 수비대원이 그 통역자를 붙잡아 감옥에 넣어버렸던 것이다. 새벽에 일어났을 때, 아둠이 우리에게 그 사실을 알려주었다.

그리하여 나는 마르와 함께 그 아이들을 보러 갔다. 아이들은 이미 마을로 돌려보냈노라고 한 수비대원이 말했다. 마르를 통역해준 그 사람은 감옥에서 저녁을 보냈는데, 두 수비대원에 의해 새벽에 다시 먼 곳으로 이송되었다는 것이다. 하지만 어느 쪽으로 갔는지에 대해서는 말하려 하지 않았다.

분명, 우리가 알면 어쩌나 하는 어떤 두려움이 있었다. 도대체 숨바꼭질을 하겠다는 것인지? 그렇다면 끝까지 해보고야 말겠다고 나는 다짐했다. 일단, 그 통역자를 먼저 석방시켜야 했다. 삼바 응고토와 같이, 우리에게 사실을 일러바쳤다는 이유로 벌을 주는 일은 있을 수 없다. 우리는 먼저 그 통역자의 이름을 물어보았다. 물어보는 사람마다 모른다고 하거나 대답을 피했다. 하지만 단 한 가지 대답만은 똑같았다. 즉 여기서 1, 2킬로미터 정도 떨어진 곳에 몇 채의 오두막집이 있는 마을에 단 한 명의 원주민이 살고 있는데, 그가 문제의 그 인물을 알 수 있을 것이라는 것이었다. 뙤약볕 아래 걸어서 그 작은 마을에 이른 우리는 그 통역자의 이름 대신 아침에 그를 데리고 간 두 명의 수비대원의 이름을 알아내는 데 성공했다. 이어 우리가 이런저런 사실을 알아보고 있을 때, 어제 저녁 그 통역자를 잡아간 바로 그 일등병이 다가왔다. 불안한 마음에서인 것 같았다. 그의 손에는 서류가 하나 들려 있었는데, 우리의 짐꾼들에 대한 명부로 내게 사인을 요구했다. 그런데 그 사인은 나중에 해주어도 되는 일이었다. 그러므로 사인의 요구는 그가 우리를 만나보기 위해 생각해낸 한낱 조잡한 구실에 불과했다.

그는 누가 우리에게 말해주었는지, 어떤 말을 했는지를 알고 싶어 했다. 하지만 일언지하에 그의 요구를 거절했다. 우리에게 말해준 사람들을 위험에 빠트릴 수는 없는 일이다. 그 수비대 '스파이'가 우리를 떠나지 않기로 작정한 것 같아서, 우리는 그를 데리고 마르탱 씨에게로 가 자초지종을 모두 말해버렸다. 이런! 하지만 그 역시 우리의 말을 슬쩍 넘겨버리려고 했다. 그는 이야기에 아무런 중요성도 부여하려 하지 않는 것 같았다. 우리의 강력한 주장에 그는 결국 조사를 해보겠다고 했다. 얼마 후 그를 보러 다시 가자, 그는 모든 것이 잘 해결되었으며, 우리의 걱정이 기우였다고 말했다. 그 통역자를 가둔 것은 염소를 도둑질했기 때문이지 우리가 알고 있는 그런 이유에서가 아니라는 것이다. 게다가 그는 누범자여서 우리가 신경 쓸 필요가 없는 인물이라고 했다. 이어 우리가 '쓸데없이 불쌍하게 여긴' 그 아이들에 대해서도 모두 잘 먹였었다고 주장했다. 그리고 그들의 일, 이를테면 가볍게 잡초를 뽑는 일을 다 마쳤기에 간단히 돌려보냈다는 것이다. 그 사건은 그야말로 우연한 정황일 뿐으로 의심할 측면이 전혀 없다고 했다. 그러면서 그는 우리에게 그만하면 됐느냐고 물어보았다. 나는 그에게 대답했다. "아니오. 아직 그렇지 못합니다."

12월 23일

우리의 끈기는 우리를 혼란스럽게 만드는 그 작자를 압도할 수 있을 것인가? 우리는 더 거만한 태도로 그 일등병을 대했다. 그러자 그는 당황한 나머지 우리의 질문공세에 스스로 모순에 빠지기 시작했다. 마침내 그는 자신이 마르탱에게 이야기한 염소 도둑은 그 통역자가 아니며 마르탱을 속이기 위해 그렇게 말했노라고 자백했다. 그 통역자는 마르와 대화를 나눈 뒤 곧바로 감옥에 갇혔으며, 아침에 두 명의 수비대원이 보즘 쪽——우리가 어제 그쪽에서 왔기에, 그 길로는 되돌아가지 않을 것임을 그들은 알고 있다——으로 데리고 가다가 수비대원 도노에게 넘겨주어 '일을 시키도록' 했다는 것이다. 그러므로 아둠의 이야기가 정확했다.

그의 자백에 나는 용기가 솟았다. 나를 신뢰함으로써 원주민들은 내게 경외심을 갖기 시작했으며, 몇몇은 마침내 내게 말을 할 결심을 했다. 우리는 일등병의 반대에도 불구하고 도노를 찾아 은밀한 곳으로 데리고 가 심문했다. 그의 말은 이러했다. 오늘 아침, 그 아이들은 함께 징발된 몇 명의 여자와 함께 그들의 집으로 돌려보내졌다. 그들은 스스로 도망간 것이 아니라, 일등병이 모든 규정을 어기고 그들에게 일을 시켰기 때문에 서둘러 돌려보냈다는 것이다. 일등병은 그들에게 먹을 것을 주지 않았다. 그 아이들 가운데는, 마르실라시의 지방 시찰을 수행하고 있는 중사의 총명한 아내가 불쌍한 마음에 특별히 자기집으로 데려와 옷과 먹을 것을 주고 있던 아이들도 몇 명 있었다. 일등병은 또한 부역 일꾼들에게도 식사를 제공할 책임을 지고 있었는데, 굶겼다. 마찬가지로 푸앵트누아르의 철도건설 부역자들의 식량으로 이용될 조를 운반하기 위해 징발된 짐꾼들에게도 벌써 엿새째 먹을 것을 주지 않고 있었다. 그 짐꾼들이 먹을 것이라고는 도둑질한 것이 아니면 초근목피뿐이었다.

조사는 저녁까지 진행되었다. 우리는 다음날 이른 새벽에 출발하기로 되었다. 그리하여 마르탱과도 작별 인사를 한 상태였다. 하지만 알 필요가 있는 일에 대해 다 알지 못하고 떠날 수는 없는 노릇이다. 마르실라시에게 편지를 한 장 남겨두고 떠나겠다는 구실을 들어 우리는 마르탱의 숙소로 다시 갔다. 이미 저녁 아홉 시였다. 불이 모두 꺼져 있었다. 잠자리에 들었던 마르탱이 일어났다.

"여기에 당신, 아니면 나를 속이려고 애쓰는 사람이 한 사람 있습니다. 일등병이 당신에게 말한 정보는 우리가 조금 전 안 것과는 전혀 일치하지 않습니다. 어떤 일을 충분히 마무리짓지 못하는 것은 유쾌한 일이 못 되기에 몇 시간 출발을 연기하기로 했습니다. 모든 것을 밝혀내기 위해서는 내일까지 시간이 필요할 것 같습니다."

그리하여 우리는 오늘 아침, 어제 저녁에 찾을 수 없었던——통역자를 끌고 갔던——그 두 명의 수비대원을 출두시켰다. 나는 일등병에게 그 두 대원을 데려오도록 요구했었다. 그런데 나의 단호함에 겁먹은 일등병은 아예 그 통역자를 데리고 왔다. 이제 사건은 분명해졌다. 엿새 전부터 중사가 행정관을 수행하기 위해 자리를 비우자 일등병이 그의 권리를 남용하여 규정을 어긴 채 자의적인 징발을 했으며, 부역 노동자들과 짐꾼들에게 나누어 주어야 할 양식을 자기 호주머니에 넣어버렸던 것이다. 게다가 중사도 돌아왔다. 그는 수단 출신의 이슬람 신도로 그만하면 썩 괜찮은 프랑스어를 구사했으며, 인상도 좋았다. 우리는 그에게 사건의 자초지종을 말해준 다음, 괴롭힘을 당한 통역자를 그에게 맡기면서 수비대원의 보복이 없도록 해달라고 당부했다. 우리는 마르탱이 그 일에 개입하지 않을 수 없도록 그에게도 모든 사실을 말했다. 그저 모른 척 눈 감고 넘어갈지언정 그가 그런 잘못을 비호해주거나 부추기는 일을 해서는 안 될 것이다. 그 일에 비난받을 것이 아무것도 없었다면 일등병은 그것을 숨기기 위해 그렇게 애쓰지 않았을 것이다.

보상고아를 떠나기에 앞서 우리는 야영 부대를 다시 찾았다. 모든 것이 제자리로 돌아왔다.[1] 어른들 몇 명만이 이번에는 풀섶이 아닌 나뭇가지로 지핀 불 주위에 둘러 앉아 있었다. 그들은 하지만 너무나 겁에 질리고 두려운 나머지 우리가 묻는 말에 대답하지 않기 위해 마치 상고어를 전혀 모르는 것처럼 행동했다(하지만 얼마 뒤, 우리는 그들이 상고어를 완벽하게 하는 것을 확인했다). 그들은 내가 내민 담배를 감히 받아들지 못했다. 시간이 지나면서 조금씩 친숙해지자 그들은 마침내 담배를 피웠다. 그보다 더 짐승 취급을 받는 비참한 인간을 사람들은 아마 상상하지 못할 것이다.

두 시경, 최근 랑블랭에 의해 세워진 농업학교를 돌아본 뒤 우리는 보상고아를 떠났다. 젊은 M이라는 사람은 학교를 지혜롭게 잘 운영하고 있는 것 같았다.

---

1) 보상고아 같이 큰 식민지 사무소가 정부에 의해 징발된 부역 노동자들에게 잠자리 하나 제대로 마련해주지 않다니 이해가 되지 않는다. 그 원주민들은 보통 오두막집에서 잠을 잔다. 모든 의학 보고서가 보여주듯이, 그들은 특히 호흡기 질환에 약하다. 그런데도 그곳의 지독히 추운 밤을 옷도 입지 않은 상태로 자게 하는 것은 경솔한 처사일 것이다. 계속되는 여행에서 우리는 그런 경우를 너무도 자주 접할 수 있었다.

12월 24일

얀다카라에서 저녁을 먹은 뒤, 다시 출발했다. 아름다운 달빛. 가마 안에 오래 앉아 있기에는 너무 추운 날씨이지만, 그런 중에도 눈을 좀 붙일 수 있었다. 열한 시경, 우리는 이름 모를 한 마을에 이르렀다. 새벽의 엄청난 추위에도 불구하고 다시 출발했다. 영상 6도가 채 안 될 것 같았다. 단조로운 도로. 얼마 안 되는 경작지들.

그런데…… 기적 같은 일이 일어났다. 희망을 버린 지 오래인 랑블랭의 자동차가 나타난 것이다. 그 차는 보즘으로 가지 않았다. 차의 도착이 늦어져 우리가 이미 보즘을 출발했을 것으로 짐작하고, 랑블랭은 그 차를 이쪽으로 바로 보냈던 것이다. 보즘에 도착할 날짜를 적어 카르노에서 보낸 우리의 편지가 말썽을 일으켰던 것이다. 그 편지는 방기로 보내져 바로 사르로 갔어야 하는 건데, 어찌된 이유에서인지 몽굼바로 갔다. 그 편지는 그곳에서 다시 라르조호의 도착을 기다려야 했는데, 그 때문에 두 주가 늦어진 것이다. 병이 났을 때 도움을 요청하는 편지가 그랬다면 아마 치명적이었을 것이다.

작은 트럭도 한 대 따라왔는데, 그것은 보상고아에 실어다 줄 소금상자 세 개를 싣고 있었다. 그 상자를 돌아가는 짐꾼들에게 맡기기에는 너무 컸다. 그래서 우리는 다음 숙소까지 짐꾼들을 데려 가기로 결정했다. 그 사이에 트럭은 보상고아에 소금을 실어다 주고 올 수 있을 것이기 때문이다.

이름을 알지 못하는 한 작은 마을 끝에 잡은 숙소. 멀지 않은 곳에 우리가 건너가야 할 보보 강이 있었다. 다리 가까이에서 그 강은 갑자기 구부러지면서 맑고 깊은 못을 이루었다. 그 깊은 못에서 수영하는 아이들. 다시 이어지는 강물 위로는 큰 나무들이 비스듬히 누워 흐르는 물을 뒤덮었다.

자동차로 가면 오늘 저녁에 부카에 도착할 수 있을 것 같았다. 우리는 일당을 지불한 뒤 짐꾼들을 돌려보냈다. 두 시경 출발. 보이 가운데 한 명은 우리 차에 탔다. 카르노에서부터 우리에게 따라붙은 설거지꾼과 제제는 트럭 속 짐 더미 위에 옹색하게 쭈그리고 앉았다. 부아르에서 따라붙은 설거지꾼이 또 두 명이 있는데, 그들은 절대로 우리를 떠나지 않으려 했다. 잡고 있는 것을 절대로 놓지 않는 댕디키처럼 그들 역시 우리에게 달라붙어 절대로 놓으려 하지 않았다. 두 차에는 탈 공간이 부족했다. 하지만 무슨 상관이랴! 그들은 걸어오겠단다. 저녁 내내 걸어서 내일 이곳 부카에 도착할 것이다. 그들은 이미 낮에도 하루 종일 걸었으며 사르까지 우리를 따라올 생각을 하고 있다. 모든 기생식물에서 볼 수 있듯이, 그들 역시 가난하여 자양분이 있는 것이면 무엇이든 붙잡고 늘어지려 하는 바를 모르지 않건만 어쨌든 그들의 충실성이 나를 감동시켰다. 그 두 설거지꾼은 그렇지만 소름끼치도록 보기 흉하며, 프랑스어를 전혀 몰라 그들에게 말을 건 것은 단 두 번도 안 된다. 하지만 그들에 대해 냉엄하게 대하지 않은 것만으로도 상당한 일이리라. 나는 그들에게 5프랑짜리 지폐를 한 장씩 주었다. 하지만 부카에서 사르까지도 걸어서 오겠다는 그들의 욕망 앞에서 나는 다시 50상팀짜리 동전을 몇 개씩 더 주지 않을 수 없었다. 그것은 5프랑짜리 지폐를 호주머니 안에 가지고 있더라도 동전이 없으면 쫄쫄 굶을 수밖에 없었기 때문이다. 내가 들른 어떤 마을에서도 그만한 지폐를 거슬러 줄 능력이 있는 곳이 없었다. 이 여행에서 바로 그 점이 큰 어려움 가운데 하나였는데, 미리 들은 바가 있는 우리는 브라자빌에서 지폐를 몇 개 가방 분량의 동전으로 바꾸어 왔다.

12월 25일

바탕가포. 우리는 어제 점심을 먹기 위해 그곳에 들렀다. 자동차로 오니 역설적이지만 더 먼 것 같았고 단조로움도 더 크게 느껴졌다. 아마도 세부를 볼 때보다 전체를 볼 때 단조로움이 더 클 것이다. 즉, 지나치게 빨리 지나가게 되면 보이는 것들이 흐리멍덩해져 경치가 흐리게 보이기 때문이다.

어제 저녁까지 어떻게 해서든 사르에 도착해야 했다. 왜냐하면 크리스마스를 함께 보내겠다고 코페에게 한 약속을 지켜야 했기 때문이다.

저녁이었지만 어지러울 정도로 달렸다. 그랬더니 이번에는 트럭이 제대로 따라오지 못했다. 우리는 다시 기다려야 했다. 다시 보이는 야자수들. 가까운 곳에 자동차가 서도 도망가지 않는 영양과 말, 그리고 큰 섭금류들. 길을 따라 늘어선 격자 벽들. 엄청나게 큰 사라족 마을들……

우리는 도로변에 지펴진 불 옆에 자동차를 세웠다. 그러자 불을 쬐며 몸을 녹이고 있던 사라족 사람들이 달아났다. 하지만 시간이 좀 지나자 한 사람 한 사람 다시 다가왔다. 그들은 우리가 건네는 담배를 받아 피웠다. 염소 가죽이 그들의 엉덩이를 겨우 덮고 있었다. 그들은 성기를 다리 사이에 처박음으로써 용케도 그들의 정숙을 지켰다.

마침내 자정이 좀 지나 사르에 도착한 우리는 코페를 깨웠다. 그는 금육일 밤 식사를 준비했으며, 밤새 우리는 그와 이야기를 나누었다.

7 사르, 은자메나

"우리의 여행도 거의 막바지에 이르렀다.
지금 우리는 이미 돌아가는 길목에 있다.
아쉬움이 남지 않은 것은 아니지만 차드 저편의 모든 것에
나의 마음은 이미 작별을 고했다.
나는 이렇게 정정한 느낌을 가져본 적이 없다."

12월 말

아침부터 태양은 강렬한 햇빛을 비추었다. 지옥의 반대편에 있는 것만 같다. 이슬람의 발판인 사르. 사람들은 이곳에서 미개 저편에 존재하는 또 다른 문명, 또 다른 하나의 문화를 접할 수 있다. 물론 아직은 초보적인 문화이지만 세련됨과 고상함에 대한 감정, 계급의식, 대상 없는 어떤 영성, 그리고 무형물에 대한 취향 등을 이미 보이고 있다.

우리가 지나온 각 지역의 종족들은 처음부터 천한 종족이라기보다는 보잘것없는 안락만을 갈망함으로써 천하게 되고 노예화된, 그리하여 제자리걸음만을 하는 종족들인 것이다. 목자 없는 우울한 '인간 떼'인 것이다. 여기에서 우리는 마침내 가옥이라 말할 수 있는 집을, 개인의 소유물을, 그리고 이윽고 차별화를 찾아볼 수 있다.[1]

----

[1] 다시 읽어보니, 이와 같은 지적이 좀 과장되게 보인다. 하지만 내가 그렇게 썼을 때는, 오랫동안 빠져 있는 그 혼돈상태에서 아직도 벗어나지 못한 상태에 있었다.

사르

원주민의 도시. 갈대발로 만든 장방형의 울타리들 안에 그룹을 지어 있는 오두막집들. 사라족들은 그 안에서 가족끼리 살고 있다. 울타리는 중키의 사람이 들여다 볼 수 있을 만큼 나지막하다. 말을 타고 지나가면 내부의 이런저런 특이한 모습을 더 훤히 들여다 볼 수 있다. 이국적인 아름다움의 진수. 짚 모자이크로 가두리를 붙인 격자 지붕의 아름다운 오두막집들. 마치 곤충들의 집 같기도 하다. 울타리 안에는, 해마다 있는 화재로부터 보호된 몇 그루의 아름다운 나무들이 있으며, 마당은 흰 모래밭이다. 그 색 다른 작은 가옥들 안에 염소의 입이 닿지 않도록 나무에 걸려 있는 수많은 작은 '곳간들'은 릴리푸트에 있는 한 마을, 즉 말뚝 위에 세워진 그 마을의 모습을 떠오르게 한다.

박 종류 같은 넓은 잎의 물결치는 덩굴식물들은 시간이 흐름에 따라 느림과 나태, 그리고 관능적인 마비의 감정을 더해준다. 무엇이라 말할 수 없는 평화와 망각, 그리고 행복한 분위기. 사람들은 모두 웃는 얼굴이다. 불구자와 환자들까지도 (보즘 분관구의 첫 마을에서 본 간질병 환자가 기억난다. 불 속에 넘어진 그는 그

의 아름다운 얼굴 한쪽에 흉측하게 화상을 입었지만, 반대쪽 얼굴은 천사 같은 웃음을 짓고 있었다)

나는 더 이상 날짜를 쓰지 않으려다. 이곳에서의 하루하루는 특별한 일이 없이 지나가고 있기 때문이다. 우리는 해뜨는 광경을 보기 위해 새벽에 일어나 샤리 강까지 달린다. 날씨는 시원하다. 강변에는 수많은 새들. 그것들은 두려움이 별로 없다. 사냥꾼을 본 적도, 쫓김을 당해본 적도 없기 때문이다. 고기잡이 수리들, 썩은 고기를 먹는 독수리들, 초록빛 도는 에메랄드 색의 반짝거리는 딱새들, 작은 상록수 제비들, 콩고 강변의 것들과 닮은 흰색의 작은 새들. 건너편 강둑에는 커다란 섭금류 떼들. 나는 아침을 먹기 위해 다시 돌아온다. 오트밀, 차, 치즈나 차가운 고기, 혹은 계란. 독서, 방문 및 구경. 이어 마르셀 드 코페 집에서 점심. 낮잠, 일, 코페 집에서 차 한 잔, 그리고 그가 번역하고 있는 베넷*의 『늙은 부인들 이야기』의 원고 교정. 말을 타고 산책.

사르 초등학교. 어리석고 무식하며 터무니없는 어떤 원주민 교사. 그는 아이들에게 이렇게 반복하여 가르쳤다.

"방위에는 네 가지가 있어요. 동쪽, 서쪽, 남쪽, 그리고 남국이야."[2]

---

* Arnold Bennett, 1867~1931. 영국의 소설가 · 극작가 · 비평가 · 평론가. 『늙은 부인들 이야기』(1908) 외에 『다섯 마을의 애나』(1092), 『이 두 사람』(1916) 등이 있다.
2) 이곳 식민지에서, 그토록 귀를 쫑긋 세우고 배우고자 하는 아이들에게 그렇게 무

여기에서 1수는 하늘색 진주 여덟 개 값이다. 한 아이가 1수로 땅콩 한 주먹을 산다. 상인은 아이에게 진주 네 개를 거슬러 준다.

부카에서부터 걸어온 두 명의 설거지꾼은 1월 1일 저녁에 도착했다.

이슬람의 영향을 받은 이곳 사람들은 좀 열광적이며 영성화되어 있다. 지옥을 너무 두려워하여 그들이 맹신하는 기독교는 그들을 쉽사리 비겁자와 교활한 자로 만든다.[3]

'브라자빌 대서양 철도'의 건설[*]은 사람들의 목숨을 무서운 속도로 소모해 버린다. 사르는 또다시 천 명의 사라족 노역자를 보내야 한다고 했다. 프랑스령 적도 아프리카에서 가장 큰 관구 가운데 하나인데다가 인구 역시 가장 많은 관구 가운데 하나였으므로 노동력 공급에서도 특별히 분담률이 크다. 초기에 징발된 원주민 노역자들은 그 고생이 이만저만이 아니었다. 그들을 실어나르는 선박들의 환경[4]뿐만 아니라 작업장의 환경 역시 형편없었

능한 교사들이 형편없이 가르치는 것을 보는 일이란 참으로 서글픈 일이다. 그들에게 책과 교과서를 보내주면 좋으련만!

그 가련한 원주민 교사들은 대부분 최선을 다하고 있다. 하지만 적어도 사르에만은 우리말을 정확히 하는 프랑스인 선생을 보내야 하지 않을까. 대개의 경우 사르의 아이들은 본국 출신의 식민지 주민들과 자주 접하므로 그들의 선생들보다 프랑스어를 더 잘한다. 그러므로 선생들은 그들에게 잘못 가르칠 가능성이 크다.

3) 일반화시키기에는 다소 조심스럽다. 내가 여기서 말하고 있는 것은 어쨌든 몇몇 부족에 대해서만은 사실이다.

* 대서양에 접한 항구 푸앵트누아르에서 브라자빌까지 연결되는 철도. 콩고 강을 따라 올라가기 위해서는 하구의 벨기에령 콩고를 반드시 거쳐야 했다. 그 불편을 해소하기 위해 육지를 관통하는 이 철도를 건설하기 시작했다.

4) 노역자들이 멀리 있는 공공 작업장으로 보내질 때에는, 그들에 대한 운송과 식

262

기 때문이다. 주거, 그리고 무엇보다 식량과 필수품의 보급이 사전에 충분히 준비되지 않았다. 치사율은 이미 비관적인 상황을 넘어선 지 오래다. 식민지 본국인들은 자신들의 편안함을 위해 얼마나 많은 목숨을 또다시 희생시켜야 할지? 행정관에게 부과되는 모든 책무 중, 당연히 그 '자발적인 지원자들'의 모집 책무가 가장 부담이 큰 것이리라. 그런데 이곳에서는 흑인들의 사랑을 받고 있는 마르셀 드 코페의 그들에 대한 신뢰를 볼 수 있다. 신년맞이 축제는 이곳 사람들에게 큰 즐거움으로, 많은 사람들이 모여 그 축제를 즐겼다. 코페는 이번에도, 관구 내의 마을들을 돌면서 노역자를 모집하고 있는 민병대원들에게 12월 말에는 이곳으로 돌아오도록 명령을 했었다. 말일이 되자 민병대원들은 그들이 모집한 1,500명의 원주민과 함께 도착했는데, 뮈라 의사는 신체검사를 하여 그들 가운데 천 명만을 차출할 것이다. 그들은 일단 수비대 야영부대 내에 마련된 특별한 장소에 숙영하면서 수비대의 엄격한 감시를 받았다. 신년맞이 축제에 참여할 수 없다는 것에 대한 징발된 노역자들의 아쉬움을 잘 간파한 코페는 그들에게 외출금지령을 해제하여 이틀 동안의 외출을 허락했다. 그러면서 그는 그들에게 이렇게 말했다.

량, 그리고 필수품의 보급에 대한 확실한 준비가 필수적일 것이다. 랑블랭 총독은 방기에서 몇 킬로미터 떨어진 곳에 휴식처와 선발장을 마련해놓았다. 브라자빌로 갈 원주민 노역자들은 그 위생적이고 넓직한 곳에서 충분한 물과 먹을거리를 보급받는다.
그와 같은 본보기를 본받지 않으니 유감이다.

"나는 당신들을 믿소. 그러니 셋째 날, 당신들 모두가 이곳으로 돌아오리라 믿소."

수많은 목숨을 앗아간 그 철도건설 작업장의 악명에도 불구하고(사르 원주민들은 작업장에서 죽어간 친지들의 우울한 운명에 대해 모르고 있었던 것이 아니기 때문이다) 단 한 명의 이탈자도 없었다.

물론, 놀라운 일이다. 하지만 그 불행한 사람들에게 어떤 일이 닥칠지? 그들의 생명에 대한 안전책은 정말 잘 이루어져 있는지? 만일 그렇지 못하다면, 그런 배신은 도덕적으로 용납할 수 없는 일이다. 물론, 코페도 그렇게 생각하고 있다. 하지만 일개 행정관이 어디까지 책임질 수 있을까? 그는 상관에게 복종할 수밖에 없다. 그렇지만 그는 상관에게 이렇게 보고했다고 한다.

"이번 모집도 이렇게 가능했습니다. 하지만 다음번에 대해서는 더 이상 책임질 수 없습니다."

아주 멋진 샤리 강 하구의 강변. 오랫동안 혼자 산책(코페는 그렇게 혼자 산책하는 일은 매우 경솔한 행동이라고 말했다). 작은 섬들, 넓은 백사장, 이름 모를 다양한 조류들.

1월 10일

마르셀 드 코페는 차드의 총독 대리로 임명되어 닷새 뒤에 임지 은자메나로 출발해야 한다. 우리는 그와 함께 갈 것이다.[*] 사흘 전부터 너무 덥다. 어제 저녁에는 몸에 열이 좀 있었다. 꽤 편치 못한 밤들. 창문에는 돗자리를 걸어놓고 문은 신문으로 막아 놓 았건만, 방까지 들어온 박쥐들이 잠을 방해하기 때문이다.

....

[*] 친구 코페의 갑작스런 이 발령으로 말미암아 처음에 세운 지드의 여정, 즉 동아 프리카를 통한 귀환이 카메룬을 통한 귀환으로 바뀌게 되었다.

1월 17일

샤리 강을 따라 내려갔다. 차라리 샤리 강을 따라 올라간다고 말하고 싶다. 이상하게도 그 강은 바다 반대쪽으로 흐르고 있기 때문이다. 사르를 떠날 때 많은 군중이 강둑으로 모여들었다.

우리의 위제스호*는 옆에 네 척의 발레니에르를 달았다. 나는 마르와 함께 오른쪽에 단 발레니에르를 차지했다. 찌는 듯한 더위에도 불구하고 우리는 세 시경 배에 올랐다.

다섯 시. 거대한 황금빛 모래지대. 모래밭의 작열하는 순수. 모래지대 군데군데 박혀 있는 초원들. 하마와 물소들의 목초지인 듯하다.

---

* 우연인지는 모르지만 배 이름은 지드 아버지의 고향을 환기시킨다. 어린 시절 지드는 외할머니가 계신 위제스로 바캉스를 떠나곤 했다.

1월 18일

커다란 화강암 호박 돌들이 기이하게 솟아 있는 곳에서 멀지 않은 곳에 위제스호가 정박했다. 바로 이곳에서 브르토네 포교단이 모두 사망했었다. 해는 지고 있었지만 그 기이한 바위들 가까이 가보고 싶은 유혹을 뿌리칠 수 없었다. 나는 처음에 바위들이 사람인 줄 알았다. 지치게 만드는 모래밭과 늪지를 지나 동행자들과 걸음을 재촉했다. 나는 혼자 그 바위들 가운데 아주 높은 것 위로 기어 올라갔다. 하지만 밑에서는 빨리 내려오기를 기다리고 있었다. 벌써 어둠이 내리고 있었던 것이다.

1월 19일

사자들이 있을 법한 풍경. 작은 아라비아 종려나무들. 불타고 있는 덤불숲. 그 놀라운 무자비성이란!

영양 사냥. 코페는 큰 것 세 마리를 사냥했다.

악어들의 아름다운 줄무늬들.

메모할 시간과 마음의 여유가 없었음. 바라보는 것에 완벽하게 빠져들었던 것 같다.

1월 20일

박물관에 기증하기 위해 채집했던 초시류들을 버려야 할 것 같다. 햇빛에 건조시키는 것이 좋다고 생각해 그렇게 했는데, 사지와 촉각이 부스러져 온전한 것이 하나도 없다.

자주 모래밭에 빠지곤 했는데, 그럴 때면 가슴까지 닿는 물 속으로 모두 내려가 자동차를 밀 듯 배를 밀곤 했다. 빠진 곳에서 헤쳐나오기 위해 때론 한 시간도 더 걸리곤 했다. 하지만 그토록 광대하고 완만한 강의 풍경 속에서 서두르고 싶은 생각은 없었다.

배에 바싹 붙어 따라오던 악어 한 마리. 두 발의 총성에 강물 속으로 곤두박질쳤다. 잠시 배를 정지시킨 뒤 발레니에르를 이용해 그곳으로 갔다. 죽은 악어는 보이지 않았다. 그렇게 죽은 동물들은 곧 물 속으로 가라앉아 몇 시간이 지나서야 수면 위로 떠오른다고 한다.

황혼이 지고, 이미 어슴푸레해진 하늘. 우리는 내가 앞에서(부카에 도착하기 전) 말한 바 있는 그 특이한 새를 다시 보았다. 그것은 코페가 쏜 한 발에 날개를 접었다. 강물 위로 떨어진 것을 아둠이 건져냈는데, 중앙 깃대만 있을 뿐 장식이 없는 큰 화살 깃 두 개가 나머지 깃털들과 날개 끝에서 거의 수직으로 솟아 있다. 코페는 '비행기 새'라고 부르는 그 새를 내게 주며 박물관에 갖다 주라고 했다. 그는, 어떤 박제 제작가들은 그 새를 사기 위해 6천 프랑도 마다하지 않는다고 했다. 그것은 귀하기 때문이 아니라, 밤에만 나타나는데다 비상이 변덕스러워 총을 맞추기가 매우 힘들기 때문이란다.

강물에서 엄청나게 큰 먹이를 사로잡는 물독수리. 파닥거리는 먹이를 놓치지 않기 위해 안간힘을 쓰며 불안하게 강둑을 향해 날개를 치며 날아간다.

은자메나, 볼품없는 도시

식물이 꽤 무성한 강둑과, 샤리 강과 로고네 강이 만나면서 이루는 꼭지점에 위치한다는 점을 제외하면 얼마나 보잘것없는 도시인지!

이 원주민 도시는 웬만한 프랑스 도시보다 더 크다. 두 개의 강을 따라 늘어서 있는 이 도시는 정확히 말하면 두 개의 도시다. 둘 다 불결하고 먼지투성이어서, 알제리 남부의 몇몇 오아시스를 환기시킬 만큼 꼭 사하라 사막 같다. 하지만 사하라 사막은 얼마나 더 아름다운가! 담벼락의 점토는 거칠고 잿빛인데, 하나같이 모래가 섞여 있거나 아니면 지푸라기가 섞여 있다. 사람들은 모두가 겁에 질려 침울하게 보인다.

애처롭게 주민들이 떠나는 음산한 도시. 회귀열과 떠나는 사람들. 북춤을 즐기기 위한 여유도, 심지어 그들 자신들의 마을을 돌아다닐 만한 여유도 갖지 못한 원주민들은 일단 어둠이 내리면 모든 것을 귀찮아하며 각자의 집으로 도망치듯 사라져 버린다.

의사 X에게 현미경 피검사를 받기 위해 은자메나 병원으로 아둠을 데리고 갔다. 라바르브가 주장한대로 이 아이가 정말 매독에 걸렸는지 어떤지를 알고 싶었기 때문이다.

검사 결과는 음성이었다. 그렇다면 부아르에서의 그 임파선 종창은 무엇이었던가? 마르와 나도 앓은 적이 있는 것으로 단순히 임파선염이 수반된 경우였던 것 같다. 아둠은 아무런 느낌도 없었다. 놀라는 기색도 전혀 없었다.

"저는 매독이 아니라는 것을 잘 알고 있었어요. 제가 어디서 옮길 수 있었겠어요?"

"아니야. 포트 크람펠에서 네가 그 짓을 했잖아?"(임파선 종창이 절정에 달했던 그 시기에 비추어, 포트 크람펠에서의 그날 저녁의 짓이 원인임에 틀림없다고 라바르브는 추측했었다).

"저는 그런 짓을 하지 않았는 걸요. 맨 처음에 제가 선생님께 말씀드렸잖아요."

"하지만 곧 네 입으로 다시 그날 저녁에 한 여인과 놀았다고 말하지 않았니?"

"선생님과 그분이 고집을 부리시기에 그렇게 말했을 뿐이에요. 제가 그 짓을 한 것으로 아예 믿으시는 것 같아서…… 아니라고 말씀드릴 수가 없었어요. 아니라고 해도 저를 믿지 않으셨을 테니까요."

이 사소한 이야기는 다른 사람들에게는 별로 의미가 없을지 모르지만, 내게는 다음과 같은 확신을 갖게끔 해주었다. 즉, 사람들은 자주 지나친 경신만큼이나 과도한 의심으로도 큰 실수를 범할 수 있다는 것을.

1월 28일

마르셀 드 코페를 그의 새 임지에 떨구어 준 뒤 우리는 샤리 강을 따라 차드 호수까지 내려가기로 결정했다. 내일 위제스호를 타고 출발하면 2주 뒤엔 다시 이곳 은자메나로 돌아올 수 있을 것 같다.

1월 30일

별로 돋보이지 않는 풍경. 나는 강 연안에서 백사장을 볼 수 있기를 기대했는데, 유감스럽게도 이미 사막이었다. 보통 크기의 많은 나물들이 군데군데 둥그렇게 무리를 이루며 강변을 초라하게 장식하고 있었다.

악어가 보이지 않아 이상하다고 생각했는데, 돌연 믿을 수 없을 만큼 떼거리로 나타났다. 50미터 정도의 짧은 모래톱에 온갖 크기의 악어가 무려 서른일곱 마리나 군집해 있었다. 어떤 것들은 겨우 지팡이 길이만 했으며, 또 어떤 것들은 어마어마하게 커 괴물 같기도 했다. 어떤 것들은 줄무늬가 있었으며, 또 어떤 것들은 한결같이 회색이었다. 경사진 모래사장에 있던 악어들은 배가 다가가면 대부분 육중하게 물 속으로 미끄러져 들어갔다. 강물에서 좀 먼 곳에 있을 때는 다리를 이용하여 달아나곤 했다. 물 속으로 미끄러져 들어갈 때의 풍경은 관능적인 어떤 모습이었다. 때로는 너무도 나태해서인지 아니면 잠을 자기 때문인지 전혀 움직임이 없었다. 한 시간 동안 우리는 백여 마리는 족히 보았을 것이다.

굴페이(카메룬의 도시)에 너무 늦게 도착. 완전히 성벽으로 둘러쳐진 그 도시의 성문을 지나갈 때는 밤이 이미 이슥하였다.

1월 31일

바람이 아주 쌀쌀하다. 오늘 아침, 커다란 거북이 몇 마리가 배가 지나간 자리를 따라 물 밖으로 머리를 쳐들고는 잠시 우리를 따라왔다. 훨씬 더 초록빛 강둑은 작은 가시나무 덤불숲으로 덮여 있었다.

어제는 네 시간 동안 정박했는데(나무를 해야할 필요가 있었기 때문이다), 그 사이 우리는 덤불숲으로 사냥을 떠났다. 수많은 뿔닭들. 일곱 마리를 잡고, 상처 입은 세 마리는 놓쳤다. 나무가 거의 없는 덤불숲. 아카시아속 미모사가 반쯤은 덮고 있는, 나무 한 그루 없는 황량한 공간, 그리고 큰 영양 떼.

이상한 모양의 작은 고기잡이배들. 리아나 덩굴과 끈으로 여러 개의 나무조각을 엮어 만든 큰 카누였다. 그 지방은 안쪽을 파내어 배를 만들 만한 큰 나무가 없기 때문이었다. 그 배들의 후미는 높이 쳐들려 있었는데, 그것은 기다란 두 활대 사이에 매달린 큰 어망의 받침으로 이용하기 위해서였다. 일종의 평형추 시스템이 있어서 어망을 수월하게 강물 속으로 밀어 넣거나 끌어올릴 수 있게 해주었다.

2월 2일

우리는 어느 무인도 앞에 닻을 내렸다. 힘겹게 항해하던 선장은 그 섬을 볼로 가는 길목으로 생각했던 것이다. 어둠이 내렸다. 우리는 육지로 올라왔다. 하지만 더 이상 나아갈 수 없었다. 살을 아프게 찌르는 작은 씨앗들이 두 다리를 사정없이 공략했기 때문이다. 다행스럽게도 풍경은 별로 시선을 끌지 못했다.

그렇게 춥지는 않은 밤. 하지만 우리는 모기 때문에 모닥불을 지피고 불가에서 잘 것이다. 우리는 흰 염소들이 많은 어떤 섬에 와 있다. 염소들이 무엇을 먹고 사는지 잘 이해되지 않는다. 땅은 메마른 모래밭이어서, 관목인 것 같기도 하고 풀인 것 같기도 한 이상하게 생긴 가시 달린 식물만이 듬성듬성 솟아 있기 때문이다. 하지만 그 녹청색 잎은 염소들의 흰색과 조화를 이루었다. 많은 염소들이 모래에 박은 하나의 말뚝과 하나의 끈에 묶여 있었다. 젖을 짜기 위한 염소들인 것 같았는데, 새끼들에게 젖을 뜯기지 않게 하기 위함인 것 같았다. 멀지 않은 곳에 몇 채의 오두막집이 있었는데, 차라리 임시 거처라고 말하는 편이 나을 것이다. 몇 명의 초라하고 성깔 있는 원주민이 그곳에 살고 있었다. 우리

배의 선장은 그중 한 사람에게 차드 호수의 복잡한 섬 사이를 잘 항해할 수 있도록 안내해 줄 것을 부탁했다. 여러 번 간청 끝에 어렵게 허락을 얻어냈다. 그들은 우리에게 계란 네 개와 우유 한 사발을 가지고 왔다. 선장은 염소 한 마리를 잡아 안았다. 거의 빼앗다시피 했다고 말하는 것이 더 옳으리라. 그는 염소 값으로 100수를 지불했는데, 주인이 2프랑을 더 요구하기에 거절할 수가 없었다. 원주민이 자기가 원하는 가격을 고수하는 것, 혹은 가격을 매기는 것을 본 것은 이번이 처음이었다. 우리는 볼 지역의 주민들이 고집이 세다는 말을 들었다. 다른 곳에서는, 어떤 동물에 대해서든 아무리 적게 값을 지불해도 불평 하나 없었다. 그저께는 우리가 머물던 마을에서 한 보병대 중사가 닭 한 마리에 50상팀을 지불했다. 나는 그에게 그 가격은 전쟁 이전 가격이니, 차후로는 1프랑씩을 지불해야 할 것이라고 말했다. 그랬더니 그는 나와 함께 다시 가서 50상팀을 더 지불해주었다. 그가 기꺼이 내 말에 따랐으므로 나는 중사에게 그 돈을 주려고 했다. 하지만 내가 주는 50상팀을 극구 거절했기에 지나가는 한 아이에게 그 돈을 선물로 주었다.

닭 한 마리에 50상팀밖에 주지 않는 백인들이 배에서 내릴 때, 원주민들은 그들에게 두려움을 가진다.[5] 그러니 거의 남는 것도

---

5) 어떤 마을 원주민들은, "백인들은 이것저것 다 가지고 가면서 전혀 값을 지불하지 않는다"고 말하면서 우리가 계란 값을 지불하는 것을 보고는 아주 놀라워했다. 하지만 그런 나쁜 백인들은 예외적인 경우이거나, 적어도 다른 나라 백인들이라는 사실을 덧붙여둔다. 새로 부임한 안토네티 총독은 1924년에 지방을 시찰하면서

없는 장사에 관심을 두지 않는 것은 당연한 일일 것이다.

『파우스트』 2권에 열광적으로 빠졌다. 이 책을 아직까지 다 읽어보지 못했음을 고백해야겠다.

정오가 조금 지나 볼에 도착.

식민지 사무소의 나지막한 특이한 모습의 담벼락. 누그러지고 무뎌진 총안(銃眼)들. 담은 사람 키보다 낮아서 그 총안에 머리를 넣어 내부를 들여다볼 수 있었다. 옥수수 케이크 색깔. 담 오른쪽 끝에는 작은 보루의 궁륭이 있었으나, 왼쪽에는 아무것도 없었다.

마을은 오른편으로 멀지 않는 곳에 있다. 초라한 몇 채의 오두막집. 거의 사람이 살지 않는다. 남녀 대부분이 옷을 입고 있다. 모래톱에는 거의 유일하게 청록색의 기묘한 식물[6] 하나 뿐. 그 식물 가운데에 걸려 있는 쌍각의 큰 튀김 모양 열매들. 선조(線條) 세공된 펠트 모양의 물질 안에 자리 잡고 있는 낟알덩어리. 그 낟알들을 덮고 있는 솜털 주위로는 짧은 스커트 모양 같은 것이 감싸고 있으며, 솜털들은 그 낟알들을 빠져나와 바람을 타고 날아갈 것 같았다. 그보다 더 교묘하고 기이한 것은 없으리라. 낟알들은 기와처럼 촘촘히 박혀 있어서, 그것들이 솜털들을 보호하

닭 한 마리에 1프랑도 채 안 되는 전쟁 이전의 가격을 교정했으며, '우암 · 나나 주식회사' 가 고용하는 뱃사공들의 노임도 두 배로 올려주었다.
6) 박주가리.

고 있다는 것에 전혀 의심이 가지 않으리라. 언뜻 보면 여주 열매의 껍질 같은 딱딱한 껍질만 보인다. 그 껍질을 누르면 부숴지는데, 그때 보석 같은 낟알들이 분리되면서 부드러운 솜털들이 곧장 부풀어 올라 가득히 흩어진다. 감탄을 자아내는 그 솜털들은 바람이 불면 멀리까지 여행할 준비가 되어 있는 것이다.

부르네 중사(그는 매우 친절하다) 혼자서 볼 분관구의 행정을 맡고 있었다. 우리는 그를 선상에서 열린 저녁 식사에 초대했다. 이곳에서 근무한 지 일곱 달이 된 그는 일 속에 파묻혀 있었다. 그런데도 지겨워 죽을 지경이라고 했다. 그는 요구되는 일이 자신의 능력을 벗어난다고 말했다. 자신은 그 일들을 처리할 만큼 공부가 되어 있지 않다고 했다. 겨우 읽고 쓸 줄 아는 그에게 처리해야 할 문서와 복잡한 회계는 두통거리밖에 되지 않았다.

"저보다 더 배운 사람은 20분이면 할 것을, 저는 오전 내내 붙잡고 있어요. 저는 일개 중사일 뿐이에요. 볼에는 장교가 필요해요. 저는 지칠대로 지친 상태입니다."

몇 마디 안 되는 그의 말에는 솔직성과 정직성이 배어 있었다. 나는 볼 원주민들이 공납해야 하는 10톤[7]이나 되는 곡물(특히, 조)의 가격과 위협적인 궁핍 등, 그가 이야기해주는 것들을 적어 두었다. 곡물은 그들에게도 모자라 3, 4일이나 걸리는 부르누까

---

7) 보병대 죄수들의 양식을 위한 것이다.

지 사러 가야 하는데, 더 한심한 것은 3, 4프랑을 주고 사오는 20 킬로그램짜리 한 포에 대해 행정당국으로부터는 1프랑 50상팀밖에 받지 못한다는 사실이다.

그는 또 4년 전에 행한 인구조사에 대해서도 이야기해주었다. 행정당국은 그때 조사한 인구에 따라 마을에 세금을 부과하고 있는데, (회귀열로) 죽은 많은 사람들과 해마다 늘어가는 도망자들의 몫까지 남아 있는 주민들이 계속 내고 있었다. 그 때문에 이곳에 남아 있는 사람들이라고는 머지않아 무능력자, 불구자, 늙은이, 미련한 바보들뿐일 공산이 크며, 그들은 그렇게 되면 탈주자나 죽은 자들 것까지 합쳐 서너 배는 족히 되는 세금을 내야 할 것이다(임대 가축에 대해서도 마찬가지다).

그는 이렇게 말했다.

"인구 조사가 다시 실시되어 각 마을이 현재 주민 수에 따라 세금을 내게 되면, 전혀 과하지 않을 것이므로 주민들이 납부하기에 수월할 것입니다. 따라서 원주민들도 기꺼이 세액에 동의할 것이고, 더 이상 도망가는 주민도 없을 거고요."[8]

---

8) 원주민이 기르는 가축 수를 아는 일은 때로 아주 어렵다. 원주민들은 가축 떼를 세거나 손가락으로 사람 수를 세는 일이 자기들에게 불행을 가져온다고들 흔히 믿기 때문이다.
"가축이 몇 마리요?"
"그것들을 셌다간 모두 죽을 텐데요."

야쿠아

투구르에서부터 모기들은 그렇게 많이 보이지 않았다.

카누를 만들 만한 나무가 없기에, 이곳 주민들은 두꺼운 파피루스 발로 일종의 길쭉한 뗏목을 만든다. 뱃전은 곤돌라처럼 부리 모양으로 굽어 있다. 그보다 더 괴상한 모양을 상상할 수 있을까? 긴 장대로 물 밑바닥을 밀어서 나아가는데, 자주 호수 밖 아주 먼 곳까지도 그것을 이용하여 이동하곤 한다.

호숫가에는 내가 이미 말한 적이 있는 노란 꽃이 피어 있는 소관목이 자라고 있었다. 그것들로 만든 목재는 잔구멍이 많고 가벼워서 구름 위에도 뜰 것 같다. 어린 아이가 어깨에 큰 들보를 짊어지고 가는 것을 보며 우리는 눈이 휘둥그레졌다. 그는 그것을 이용해 물을 건넜다. 그 위에 납작 엎드려 손발로 저어 앞으로 나아갔는데, 바람이 있을 때는 속도가 훨씬 빠를 것 같았다.

이 근처 호수에는 악어가 많다는 이야기를 들었다.[9] 그리고 이

---

[9] 하지만 나는 호수에서도, 호수변에서도 전혀 보지 못했다.

상한 일이지만, 사람을 전혀 공격하지 않는다는 것이다.[10] 아마
도 고기들이 풍부하여 배부르게 잡아먹기 때문인 것 같다. 그것
들은 원주민들이 던지는 어망을 찢어버린단다. 원주민들은 그 외
에도 부유하는 아주 큰 파피루스 더미 때문에 고기잡이를 거의
포기하고 있었다.

우리는 오늘 아침 (볼에) 인접한 한 섬에 있는 이곳 야쿠아 마
을까지 발레니에르를 이용해 왔다. 최초로 '기항한' 섬인 것이다.
멋진 황소 떼. 마르는 그 장면을 사진기에 담았다.

원주민들은 상당히 친절했다. 그들은 품위가 있어 보였으며,
북쪽으로 올라갈수록 세련되고 문명화한 것처럼 보였다. 나이가
지긋한 촌장이 우리를 마중나왔다. 그는 타고 온 말을 우리에게
양보했다. 하지만 우리보다는 오히려 그에게 더 말이 필요했다.
마을은 거기에서 멀지 않았지만, 모랫길이어서 걷기에 꽤 힘이
들었다. 촌장과 짧은 접견. 헛간 아래쪽에서 가진 짤막한 인사 교
환. 촌장의 얼굴은 아름답고 고상한 표정이었다. 손가락은 뼈만
앙상했으며, 피부에는 희끗희끗한 점이 보였다. 그의 어린 두 아
들(아니면, 손자)이 그를 대신하여 우리에게 마을을 구경시켜주

---

10) 물론 원주민들의 말이다. 하지만 레비 브륄은 그 말에 대해 부인하고 있다(『원
시인들의 정신상태』, 제1장 4 참조). 그에 따르면, 원주민에게는 우연성이라는 것
이 존재하지 않는다. 우연이라는 관념조차 그들은 알지 못한다. 원주민들 말에 따
르면 악어는 '타고나기를 비공격적이다.' 그것이 혹시 사람을 잡아먹는 경우가 있
다면, 요술쟁이가 그것에 사람을 던져주었기 때문이다.

었다. 촌장은 숨이 가빠 걷기가 불편했기 때문이다. 마르는 다큐멘터리 장면들을 찍느라 분주했다. 하지만 그 장면들은 그리 신통한 것이 못 되었다. 몇 명의 헤엄치는 사람들, 특히 여자들을 찍을 필요가 있었다. 아무리 찾아보아도 그렇게 예쁜 여자들은 없었다. 게다가 남녀가 함께 수영을 하는 장면을 찍는 일은 도통 불가능했다. 그들은 남녀가 혼영을 하는 것은 점잖지 못한 일이라고 우리에게 말했다. 남자들을 여자들보다 10분 먼저 물 속으로 들어가도록 해야 했다. 하지만 남자들은 여자들이 물가에 있는 것을 보는 순간 수줍어 어쩔 줄 모르며 벗으려던 옷을 잽싸게 다시 올렸다. 마르는 그들이 물 속으로 들어간 뒤 상의를 벗도록 해야겠다고 내게 말했다. 물에 젖지 않게 하기 위해 머리 위로 옷을 쳐드는 효과를 아쉬운대로 기대했던 것이다. 하지만 그것도 허사가 되고 말았다. 수줍음이 너무 많아 그들은 차라리 옷을 입고 물 속으로 들어가는 쪽을 택했기 때문이다. 옷은 따가운 햇볕에 순식간에 마를 수 있었다. 옷 벗을 것을 계속해서 주장했다간, 그들이 계약도 포기하고 투덜거리면서 사라져버릴 것만 같았다. 마르는 신경질이 났다. 그럴 만도 했다. 여자들 역시 옷을 입은 채 물 속으로 들어가겠다는 것이다. 그 정도의 상황인데도 그녀들은 우리를 제외하고는 남자들을 비롯하여 모든 구경꾼들을 멀리 쫓아줄 것을 요구했다. 그 모든 것은 연출된 장면이었기에 결국 실패한 촬영이 되고 말았다.

정오였다. 뙤약볕이 내리쬐었다. 우리는 다시 발레니에르 위로 올랐다. 역풍이 불었다. 노도 없었다. 우리가 가진 것이라고는 오직 장대뿐이었다. 그런데 이상하게 이곳은 물이 깊었다. 모래톱 끝자락에 있었기 때문이다. 우리는 전혀 배를 나아가게 할 수 없었다. 마침내 호숫가를 따라갈 생각에 미친 우리는 2시경 그럭저럭 볼에 닿을 수 있었다. 위제스호에서는 점심식사가 우리를 기다리고 있었다.

나머지 발레니에르는 다른 한 섬으로 나무를 하러 갔는데, 아직 돌아오지 않았다. 우리는 내일이나 출발할 수 있을 것 같다.

어제는 해가 질 무렵 총을 메고 나갔었다. 하지만 총을 쏘지 않았다. 새들은 두려움이 없었는데, 그것들에 총구를 들이대는 일이 주저되었기 때문이다. 하루 해가 찬란하게 넘어가고 있었다. 별로 높은 언덕은 아니었지만, 그곳에서 황금빛 태양이 찬란하게 반사되는 섬들 사이의 호숫물을 내려다볼 수 있었다. 장엄하지만 무심하고 아늑함이 결여된 고요.

새벽 다섯 시에 닻을 올렸다. 하늘은 사하라 사막에서 본 하늘처럼 맑았다. 어제 저녁에는 아주 추웠는데, 바람이 없었기에 그냥 견딜 만했다.

일곱 시경, 완전히 버려진 꽤 큰 마을 앞에 정박. 하지만 몇 채의 오두막집은 문이 조심스럽게 닫혀 있었는데, 누군가가 살고 있는 느낌이 들었다. 마침내 우리는 한 오두막집 뒤편에서 흙투성이가 된 남루한 옷을 입은 애꾸눈의 노파 한 명을 발견했다. 그녀는 말이 많았는데, 너무 늙은데다 중풍까지 걸려 마을 전체가 '대탈출'을 할 때 따라나서지 못했노라고 했다. 가까운 곳에 있는 다른 오두막집에 노파 한 명이 더 있다는 사실을 알았다. 그녀는 애꾸눈 노파를 돌보기 위해 남았노라고 했다. 우리는 그 두 노파에게 이런저런 것을 차근차근 물어보았다. 하지만 그들의 대답은 일치하지 않았다. 게다가 아둠도 우리의 질문과 그들의 답변에 대해 제대로 통역을 하지 못하는 것 같았다. 언제 주민들이 떠났느냐는 질문에 그들은 마을 촌장의 이름을 대는가 하면, 마을 사람들이 이주한 섬까지 가려면 섬 몇 개를 지나야 한다는 둥의 동문서답을 했다.

버려진 두 노파는 귀에 거슬릴 정도로 횡설수설 정신없이 지껄여댔다. 그녀들이 남을 수밖에 없었던 것은, 수영을 하지 못했기 때문(혹은, 늙어서 할 수 없었기 때문)이기도 했다. 주민들이 떠난 것은 21일 전이다. 애꾸눈의 노파가 모래 위에 집게손가락으로 스물 한 개의 줄을 그려 가르쳐주었다. 그녀는 무슨 질문이나 손가락으로 선을 그려 숫자를 표시한 뒤 곧장 손바닥으로 다시 지웠는데, 어떤 셈 편집광을 보여주었다.

주민들은 세금 때문에 떠난 것 같다. 하지만 세금낼 돈을 벌기 위해서 떠난 것인지,[11] 아니면 세금 납부를 피하기 위해 도망간 것인지는 확실하지 않다. 만일 인구조사가 다시 실시되어, 4

11) 차드 호수의 섬사람들은 가축 떼에게 풀을 뜯기 위해 풀이 동나지 않은 이웃 섬으로 가축 떼를 데리고 몇 주씩 옮겨다닌다.

286

년 전에 행해진 조사에 따른 세금이 부과되지 않았다면(그들에게 는 때로 이미 죽은 서너 명이나 되는 사람들 몫까지 부과되었다) 그들은 틀림없이 그리 과하지 않은 세금을 별 어려움 없이 낼 수 있었을 것이다.

우리는 섬들 사이를 계속 항해했다. 섬은 모두 비슷했다. 나는 선장이 방향을 제대로 잡고 있는지 알 수 없었다. 우리는 짐(파다 와 파야로 가지고 갈 무선 전신, 포도주, 밀가루, 그리고 여러 용 품들)을 내려놓은 그 배를 자유롭게 이용할 수 있는데다 시간이 그리 바쁘지도 않았기에 사람들이 더 많이 거주하는 섬에 정박해 줄 것을 요구했다. 다시, 우리는 파피루스와 덤불이 우거진 어느 섬에 정박했다.

다섯 시였다. 우리는 섬 가운데 쪽으로 걸어 올라갔다. 크고 작 은 많은 양의 동글동글한 염소와 황소 똥들. 황소 똥은 근래에 배 설된 것이 아니었다. 15분 정도 걷자 꽤 큰 마을이 하나 나타났 다. 하지만 아무도 살지 않았으며, 오늘 아침에 들른 마을과는 달 리 버려진 불구자도 한 사람 없었다. 먼 곳에 흰 점이 있는 염소 떼가 보였다. 우리는 그쪽으로 걸어갔다. 식물군이 갑자기 바뀌 었다. 염소들이 있는 곳은 함수초가 무성한 숲 기슭이었다. 염소 들은 비스듬한 황혼 빛이 관통하는 얽히고설킨 나뭇가지들 사이 에서 마치 이동하는 밝은 점들처럼 보였다. 그것들은 그 숲 아래 야트막하게 팬 넓은 공간에 산재해 있었다. 아마도 4, 5백 마리는 될 듯싶다. 그것들 역시 우리가 가는 쪽으로 서서히 향하고 있었다.

얼마 가지 않아 덤불숲 한가운데에 고독하게 보이는 두 채의 오두막집이 있었는데, 내가 뿔닭을 향해 쏜 총소리에 한 늙은 원주민이 놀라 후다닥 튀어나왔다. 그는 두 손을 번쩍 들고는 우리 쪽으로 다가왔다. 노인 곁에는 하늘색 아프리카 전통 옷을 단정하게 차려 입은 청년 한 명과 여자 한 명, 그리고 아주 어린 두 아이도 있었다. 청년은, 그 면장*이 세금을 거두어들이기 위해 여러 마을 주민들을 집결시켜 놓은 섬까지 우리를 안내해주겠다고 했다. 이미 시간이 많이 되어 해가 지고 있었다. 바람 한 점 없었으며, 호수면은 석양을 받아 아름답게 반짝였다. 우리가 닻을 내렸을 때는 이미 깜깜한 밤이었다. 그 마을(면장이 여러 마을 주민들을 집결시켜 놓은 섬)이 있는 섬은 그리 멀지 않았다. 우리는 아둠과 이드리사 신바드와 함께 그 마을로 올라갔다. 물길 안내인이 바람막이 램프를 들고 앞장섰다. 그 면장(실제로 학대와 폭행을 일삼아 주민이 고발한 자는 그의 아들이다)을 만났다. 그는 꼴사나운 얼굴의 소유자였다. 검은 얼굴에 매부리코는 특히나 더 불쾌감을 주었다. 상스런 눈과 꽉 다문 입술. 하지만 그의 태도는 공손함 이상이었다. 그것은 어쩌면 비굴함에 가까운 것이었다. 우리는 다음날 다시 오겠노라고 말한 뒤 그를 떠났다. 그러한 야

*이 섬마을 이전 섬에 들렀을 때, 신바드라 불리는 원주민 이드리사가 면장의 학대 사실을 알려주었다. 면장의 이름은 카얄라 코라미이다.

간정찰은 그곳에 집결되어 있던 사람들, 특히 우리가 동전을 많이 집어준 그 어린 아이들의 마음을 좀 가라앉혀주기 위한 것 외에 다른 목적이 없었다. 차드와 인접해 있는 섬의 그 아이들은 우방기 강 유역의 아이들보다 배가 튀어나오지는 않았다. 하지만 그들의 손발은 흉하게 일그러져 있는 경우가 많았다. 손바닥은 해면같이 되어 있었으며, 등은 비늘 모양으로 되어 있었다.

　새벽부터 고소자들이 우리의 호의를 기대하며 찾아왔다. 그들 가운데는 한 마을의 촌장도 있었는데, 처음에는 돌려보냈다. 어제 저녁에, 집결해 있는 그 사람들에게 내가 한 모든 말을 그는 나보다 더 잘 기억하고 있었다. 그의 마을 주민 한 명이 그를 수행하고 왔는데, 앉으라고 권하자 그 주민은 촌장의 발치에 강아지처럼 쪼그리고 앉아 때때로 존경의 표시로(존경의 표시뿐 아니라 애정의 표시이기도 한 것 같다) 그의 머리를 촌장의 무릎에 갖다대곤 했다.

　촌장은 우리에게 그 사람의 등에 난 상처 자국과 맞은 흔적을 보여주었다. 그는 코라미의 폭행과, 공포에 떨며 이웃 마을로 달아난 마을 사람들에 대해 말했다. 프랑스 정부에 의해 추진된 새로운 조치* 이전에는 면장이 마을 촌장들에게 이래라저래라 하지 않았으며, 따라서 문제가 전혀 없었다. …… 그렇다, 그가 불평하

---

* 행정구분의 조치.

는 것은 프랑스 당국에 대해서가 아니었다. 이 나라에 백인이 더 많이 있기만 해도 좋을 것이다! 그렇지 못할 경우, 이왕이면 더 잘 배운 백인이 있기만 해도 나을 것이다! 통치하는 백인들이 코라미의 나쁜 짓을 4분의 1만이라도 안다면, 분명히 그 폐해는 개선될 수 있을 것이다. 그런데 나쁜 짓을 일삼는 자들에 대해 보고할 책임이 있는 자가 그 면에서는 바로 코라미 자신인데, 그가 자신의 나쁜 짓을 보고할 리는 만무할 것이다. 이런! 설상가상으로 코라미의 가족은 많기도 했다. 그가 죽으면 그의 아들이나 형제 가운데 한 명이 뒤를 이을 것이기에 사태는 더 악화될 수밖에 없을 것 같았다. 우리는 그 촌장에게 코라미의 가족을 제외하고 그 고약한 면장을 갈아치울 만한 주민이 있는지 물어보았다. 그러자 그는 아주 겸손하고 자연스럽게—교활함이 전혀 보이지 않았다—자신을 천거했다. 마르는 고소자들의 이름을 받아적 듯이 그의 이름을 받아적었다. 촌장은 이를테면 마을 주민들을 대표하여 이야기한 것이다. 그 촌장의 이야기가 끝나갈 무렵 코라미가 나타났다. 그의 신봉자들과 경호원들, 그리고 모든 수행원이 뒤따랐는데, 그는 우리에게도 정중히 인사를 했다. 그는 자신의 수행원들을 우리에게 소개하면서 다른 한편으로는 그 고소자들이 자신의 못된 짓들을 고발하고 있었던 것은 아닌지 눈치를 보았다. 우리는 촌장에게 자신이 코라미에 대해 비난한 것에 대해 보복을 두려워하지 않느냐고 물었다. 그는 고개를 들고는 어깨를 으쓱하면서 두렵지 않다는 뜻을 전해달라고 통역자에게 부탁했다.

우리는 고소인들이 위험에 처하지 않도록 어떤 조치를 취해야 할지 난감했다. 우리가 떠난 뒤 코라미가 그들을 구박하지 못하도록 하기 위한 어떤 협박 방법을 찾아보았으나 뾰족한 생각이 없었다. 우리는 일단 오늘은 그를 놓아두기로 결정했다. 그리고는 그의 마을에 사진을 찍으러 가야 한다고 말하면서 급히 그곳을 떠났다. 고소자들에게는 정오경에 다시 만나자고 말했는데, 코라미가 그 말을 들을 수 있도록 큰소리로 말했다.

모래밭 안쪽의 마을. 띄엄띄엄 떨어져 있는 오두막집들. 도처에 흰색 큰 염소 떼들. 모래밭에 박힌, 껍질이 벗겨진 나뭇가지들에 발을 묶인 채 풀을 뜯고 있는 염소들.

마을 어귀에서 우리는 코라미와 작별 인사를 나누었다. 하지만 호기심에 이끌린 그는 우리에게 다시 다가왔다. 또 한 번의 작별 인사. 그는 떠났다. 하지만 자신의 모든 경호원들은 남겨두었다. 그들은 물가에 남아 우리의 배가 출발하는 것을 끝까지 기다렸다. 그들은 우리에게 올지도 모를 또 다른 고소자들에 대해 코라미에게 보고할 책임을 지고 있었던 것이다. 우리는 그들을 불러 혹시 우리에게 무슨 할 말이라도 있느냐고 물었다. 그들은 없다고 말했다. 그렇다면 왜 그곳에 남아 있느냐고 물었다. 그들의 대답은 이러했다. 즉, 그렇게 남아 있는 것은 지체 높은 백인에게 존경심을 표시하기 위한 관례라고. 나는 그들에게 이미 그들 모두의 이름을 적어놓았다는 것을 알려주며 새로 부임한 총독을 아느냐고 물으면서, 이곳에서 좋지 못한 일들이 일어나고 있다는 것을 알고 일부러 왔노라고 말했다. 그 모든 좋지 못한 일은 반드시 벌을 받을 것이니, 그 사실을 촌장에게 알려주어도 좋다는 말도 덧붙였다. 그들은, 자기들은 물론이고 촌장 또한 백인 행정관의 명령과 지침에 따라 행동하고 있을 뿐이라며 아주 능란하게 둘러댔다.

(분명 볼의 그 중사가 더 능력이 있고 일에 덜 시달린다면, 그는 그 모든 것에 대해 감시할 수 있고 폭력을 막을 수 있을 것이다.)

이어 '스파이'일 가능성이 있는 한 무리의 아이들이 또 몰려와 돌려보내야 했다. 처음에는 예순 명 정도가 물가에 모여 있었는데, 조금씩 줄어들었다. 우리는 마침내 어제 저녁과 오늘 아침에 온 고소자 네 명을 불러 함께 배에 올랐다. 그들은 내게 코라미가 자기들에게 보복을 하지 못하도록 조치를 취해달라고 부탁했다. 나는 코페에게 쓴 편지를 봉투에 넣어 그들에게 건넸다. 코라미가 괴롭히면, 그 편지를 은자메나에 있는 코페에게 보내라는 말과 함께. 그들은 나의 그 작은 배려에 크게 감사했다. 그들 가운데 최고령자는 오랫동안 내 손을 꼭 쥐었다. 눈에는 눈물이 흘러내렸으며 입술은 떨렸다. 형언할 수 없는 감동이 내 마음을 뒤흔들었다. 내가 얼마나 감동하고 있는지 알았기에 나를 바라보는 그의 시선 또한 감사와 애정으로 가득 차 있었다. 안아주고만 싶은 그 불쌍한 존재에게서 볼 수 있는 어떤 우울함과 고상함이란!…… 우리는 떠났다.

그 일은 그렇게 마무리되었다. 우리의 여행도 거의 막바지에 이르렀다. 지금 우리는 이미 돌아가는 길목에 있다. 아쉬움이 남지 않는 것은 아니지만 차드 저편의 모든 것에 나의 마음은 이미 작별을 고했다. 나는 이렇게 정정한 느낌을 가져본 적이 없다.

　　분명, 이 느낌은 어디에서도 찾을 수 없는
　　최상의 것임에 틀림없다.

　해가 지기 한 시간 전, 마니라는 큰 마을에 정박했다. 우리는 지난 번 가는 길에 만나 친해졌던 아이들을 다시 만났다. 거만하고 웃음이 없던 그 촌장. 아랫사람들에게 친절하게 대하는 것을 보고 우리가 별로 중요한 인물이 아닌 것으로 판단한 그는 우리를 만나려 하지 않았다. 하지만 그의 어린 아들은 내게 다가와 무릎에 앉아서는, 아버지의 거만함을 상쇄시키기라도 하듯 애정을 보였다.

　오늘이 며칠인지 잘 모르겠다. 그냥, '그 이튿날'이라고 적어두자. 새벽에 출발. 쾌청한 하늘. 차갑다. 요즘 나는 다섯 시 반 정도에 일어나는데, 아홉 시 반 또는 열 시까지는 바지 세 개(두 개는 파자마)에다 스웨터 두 개를 입고 지낸다.
　어제 잡은 뿔닭은 아주 맛있었다.
　모래톱에 있는 거대한 악어들은 아무리 봐도 지겹지 않았다. 그것들은 배가 가까이 가도 무사태평하게 기어 물 속으로 미끄러져 들어가거나, 때로는 박물관에서 볼 수 있는 태곳적 그 네 다리로 몸을 일으키곤 했다.

두 명이 탄 작은 카누 한 대가 우리 배에 다가왔다. 하지만 나는 다가오는 것을 보지 못했다. 배가 잠시 정지했다. 꽤 남루한 전통 의상을 입었음에도 불구하고 의젓한 태도를 가진 한 원주민이 갑판으로 올라오더니, 어제 그 촌장이 보낸 것이라며 닭 네 마리를 건넸다. 어제는 대단히 죄송했다는 촌장의 사과말과 함께. 어제 저녁 늦게 우리가 그 마을을 돌아볼 때, 자신이 우리를 찾았노라고 말했다. 촌장이 어제 저녁에 그 닭을 보냈는데, 너무 늦은 것을 안 아둠이 자고 있는 우리를 깨우기를 거절했던 것이다. '총독님은 주무신다'고 재치있게 말하면서 말이다. 아둠의 그 행동은 그렇게 예의바른 짓은 못 되었지만, 다행스럽게도 그의 거절은 촌장에게 수치심을 안겨주었던 것 같다. 그리하여 촌장은 떠난 우리에게 그 사자(使者)를 급히 보냈는데, 그 역시 이전의 촌장이었다. 그는 우리의 위제스호를 따라잡기 위해 육지 길로 달려와 기다리고 있었던 것이다. 우리는 촌장을 대신한 그의 사과에 위엄과 함께 다감함과 아량을 함께 보여주었다.

『파우스트』 2권에 다시 몰입했다.

물밑 진흙층에 엄청나게 많은 악어 떼. 지저분한 진흙색으로, 바닥에 납작 엎드린 채 꼼짝 않고 있는 그것들은 마치 진흙으로 직접 빚어놓은 것 같았다. 한 발의 총성. 모든 것이 정신없이 흩어지며 물 속은 난장판이 되었다.

　굴페이에 다시 도착. 깜깜한 밤에 도착했는데도 촌장이 우리를 방문했다. 우리는 다음 날 답방하겠다고 말하고는 그를 돌려보냈다. 초저녁에는 이상하게 몸이 편치 못했다. 그렇게 더운 날씨가 아닌, 차가운 느낌마저 드는 날씨였는데도 숨이 막혔다. 약을 먹어야 잘 수 있을 것 같았다. 처음으로 메타돈(신경안정제의 일종)을 복용했다. 곧 약효를 느낄 수 있었다. 하지만 발레니에르의 돛이 내 침대의 모기장과 마찰하는 소리가 귓전에 계속 들려왔다. 마찰음은 그다지 크지는 않았지만 정말 참을 수 없었다. 나는 세 번이나 일어나 침대를 옮겼다. 날이 새려면 아직 멀었는데 새들의 소란에 다시 잠에서 깼다. 뿔닭의 울음소리와 오리들의 갈갈대는 소리였다. 그것들은 내 침대 바로 옆에서 그러고 있었다. 참지 못한 나는 결국 일어나 주섬주섬 옷을 챙겨 입었다. 아둠 역시 그 소란에 깨어 총과 실탄을 찾고 있었다. 우리 둘은 살그머니 나갔다. 세 발의 총성에 오리 다섯 마리가 거꾸러졌다. 어둠 속에서 쏜 마지막 총은 오리 한 마리와 작은 새 세 마리를 쓰러뜨렸다. 나는 너무도 놀랐다. 죽은 오리는 강물 속으로 떨어졌다. 나머지 것들은 호들갑을 떨며 다 날아가버렸다. 하지만 나는 이어 놀라운 광경을 보아야 했다. 도망갔던 것들 가운데 한 마리가 물 속으로 떨어진 죽은 동료 곁으로 다가가는 것이다. 처음에는 겁이 나는지 좀 떨어진 곳에서 바라보고 있더니, 이내 헤엄을 쳐 죽은 오리 가까이로 다가갔다. 다시 총을 쏘았는데도 아랑곳하지 않았다. 세 번째 총을 쏘자 그때야 마지못해 도망갔다. 하지만 얼마 후 그것은 다시 파닥거리며 동료 옆으로 다가왔다. 죽은 오리를 건지기 위해 카누를 타고 다가가자 그때야 멀리 날아가버렸다. 마르가 우리 곁으로 다가왔다. 나는 그에게 총을 건넸다. 그는 다시 네 마리를 잡았다. 아직 해가 뜨기 전이었다.

정오에 다시 출발.

세 시경, 카메룬의 또 다른 한 마을에 정박.

우리가 다가가자 우르르 도망치는 소란스런 궤주. 사냥꾼에게 몰리는 사냥감처럼 소년 소녀들이 달아나 숨는다. 몇 명을 붙잡아 친절하게 대하자, 우리의 그런 태도는 나머지 아이들에게도 '전염'이 되었다. 이내 마을 아이들은 아무도 우리를 피하지 않았다. 어떤 아이들은 매력적이었는데, 곧 팔에 매달리면서 일종의 정열적인 애정을 보이며 아양을 떨기도 했다. 하지만 우리가 배로 다가가자 그들은 잽싸게 작별 인사를 했다. 그들은 누가 자기들을 잡아갈지도 모른다는 어떤 강박관념에 사로잡혀 있었던 것 같다.

우리는 더 가까이에서 악어를 보고 싶었다. 그 마을 사람 두 명을 태운 카누 한 척을 위제스호의 트레일러에 매달았다. 네 시경, 프랑스령 강둑에 이르러 카누로 신속히 옮겨 탄 우리는 엄청나게 넓은 샤리 강을 횡단하여 건너편 넓다란 모래톱으로 다가갔다. 하지만 이미 악어들은 달아나고 없었다.

아둠과 두 명의 뱃사공을 데리고 덤불숲으로 파고들었다. 300
미터도 채 안 가, 마르가 흰색 줄무늬의 큰 암사슴 한 마리를 쏘
아 넘어뜨렸다. 100미터 정도를 더 들어가자 커다란 굴이 하나
보였다. 두 원주민이 그 굴에 사는 동물에 대해 묘사하는 바에 의
하면 개미핥기 굴인 것 같았다. 그런데 곧 굴 안쪽에서 짐승의 코
끝이 반짝이는 것을 발견할 수 있었는데, 개미핥기[12]가 더 큰 다
른 동물에게 그 굴을 양보했음이 틀림없었다. 내가 있는 곳에서
는 보이지 않았지만 마르에게는 보였는지, 굴 안쪽으로 그가 총
을 겨누었다. 총은 아직 발사되지 않았다. 바로 그때였다. 멧돼지
한 마리가 굴 밖으로 뛰쳐나왔다. 이내 아주 통통한 두 마리의 새
끼가 어미 뒤를 따랐다. 우리는 정신없이 그것들을 뒤따라갔다.
어떻게 그 소동 앞에서 아무도 넘어지지 않았는지 이해가 되지
않았다. 한 발의 총성에 멧돼지 한 마리가 거꾸러졌다. 그런데 굴
앞에서는 아둠이 배꼽을 잡고 웃고 있는 것이 아닌가. 뱃사공 한
명이 겁을 집어먹고 뒤로 물러나다가 그만 그루터기에 걸려 땅바
닥에 냅다 굴러 떨어졌던 것이다. 한 마리가 굴에서 뛰쳐나오면
서 내 바로 앞 2미터 지점까지 다가왔지만, 나는 위험하다고는
생각하지 않았다. 도망가려 한 것이지 공격하기 위한 것 같지는
않았기 때문이다. 하지만 그것이 나에게 부딪칠 경우 넘어질 것
을 각오했었다. 왜냐하면 그것은 마르가 거꾸러뜨린 것보다 훨씬

---

12) 아프리카 개미핥기이다.

큰 것이었기 때문이다. 그런데 최후의 순간 그것은 내 옆으로 펄쩍 뛰어 도망가버렸다. 우리는 흥분하여 일대를 계속 수색했다. 하지만 뿔닭 한 마리밖에 더 성과를 올리지 못했다. 그런데 사자의 포효 소리가 분명하게 들려왔다. 원주민들은 그 정도의 소리라면 여러 마리의 사자임에 틀림없다고 말했다. 게다가 그것들은 우리로부터 가까운 거리에 있었다.

해가 지고…… 더 이상 아무것도 보이지 않았다. 아쉬웠지만 돌아올 수밖에 없었다. 흙 위에는 동물 발자국과 분비물들이 생각보다 눈에 많이 띄었다. 어떤 것들은 방금 배설한 것으로 온갖 종류와 크기의 멧돼지와 영양, 그리고 원숭이들의 것이었다. 우리는 잡은 영양을 빼앗기고 싶지 않아 같이 간 원주민 한 명을 시켜 그것을 지키도록 했었다. 하이에나나 자칼들이 물어갈 염려가 있었기 때문이다. 멧돼지는 각각 두 발을 묶어 그 사이로 긴 작대기를 넣어 거꾸로 메고 카누로 돌아왔다. 지독스럽게 무거워 두 원주민이 애를 먹었다. 영양은 아둠이 어깨에 메고 왔다. 그것 역시 아둠 만큼 무거웠다.

카누로 돌아와, 강물을 거슬러 저녁을 향해. 넘어질 듯 아슬아슬한 균형.

13일, 은자메나에 다시 도착. 볼까지의 여행은 11일이 걸렸다.

함께 덤불숲으로 사냥을 다녀온 이후, 우리의 보이들은 연일 고기를 먹었다. 우트망은 이렇게 이야기했다.

"잘 먹으면 행복해요. 잘 먹으면 아무 생각이 안 나니까요."

무엇에 대한 생각이냐고 묻자 그는 자신에 대한 이야기는 감추면서 아둠에 대해서만 이야기했다.

"아둠은, 잘 먹지 못하면 그의 고향 아베셰와 어머니가 생각난대요. 하지만 잘 먹으면 아무 생각 안 난대요."

프랑스에서 우편물 도착. 하지만 편지는 한 장도 없었다.

『웃음』*에서 본──풍자화는 그저 그렇지만──아주 멋진 대사.

"이봐, 사병! 네게 이미 말했잖아. 술을 마시지 않으면 하사가 될 수 있을 거라고 말이야."

"옳으신 말씀입니다, 중대장님. 하지만 술을 마시면 대령이 된 듯한 기분인걸요."

댕디키는 하루살이 떼[13]에 뛰어들어 작은 발로 몇 마리를 잡았는데, 마치 화가 난 듯 와작와작 씹어 먹었다.

댕디키의 윤리학과 미학의 관찰. 움직이고 방어하고 자신을 보호하는 그놈만의 독특한 방식. 동물들은 자기만의 생존방식이 있다. 그렇지 않을 경우 그것들은 생존이 불확실할 것이다.

....

*1900년에 출판된 베르그송(Henri Bergson, 1859~1941)의 작품으로, 희극적 우스꽝스러움의 의미에 대한 에세이집이다.
13) 날개 달린 흰개미인 것 같다.

2월 16일, 은자메나

어제 저녁, 아둠은 어느 원주민 가옥에서 곤히 자고 있었다. 갑자기 나타난 두 백인 하사와 중사. 그들은 한 여자를 찾고 있었는데, 그곳에 숨어 있는 걸로 생각하고 급습했던 것이다. 아둠은 처음에는 꼼짝도 하지 않고 자는 척 하고 있었다. 그런데 갑자기 그 하사관들이 짚에 불을 붙여 가옥을 태우려 하자 벌떡 일어서 말리기 시작했다.

"이 더러운 검둥이놈이 웬 참견이야! 한마디만 더 떠벌리면 감방에 처넣어버릴 거야."

"예, 알겠어요" 하고 아둠이 말했다.

"그런데 불을 지른 것은 당신들인데, 감방에 가는 것은 나란 말이지요?"

그러자 중사가 냅다 아둠을 쥐어잡고는 가죽끈으로 엮은 채찍을 휘둘렀다. 아침에 보니 아둠의 등짝에 채찍 자국이 길게 나 있었다. 그 화재로 인해 여러 사람이 바쁘게 움직여야 했다.

그 사건은 심각한 결과를 초래했음을 오늘 저녁에 알게 되었다. 긴 보고서가 코페에게 올려졌는데, 행정관 겸 시장은 군 당국에 (그 두 하사관에 대한) 처벌을 강력하게 요구했다는 것이다.

페코와 오랫동안 대화를 나누었다. 그는 수의사로, 뛰어난 사람이었다. 내가 카르노의 숲에서 여러 번 놓친 그 붉은색 나비는 아주 드물어서 인기가 있는 것이라고 내게 가르쳐주었다. 놓친 내 자신이 얼마나 원망스러웠는지! 내가 (대여섯 번) 본 그 붉은색 나비들은 두 종류였던 것 같다. 아니면 적어도 뚜렷한 차이가 있는 이종(異種)일 것이다. 그리 크지는 않지만, 좀 짙은 멋진 붉은색이었는데……

우리는 이틀 뒤에 출발할 것이다.

푸스에 여든 명의 짐꾼을 부탁해놓았다. 그곳까지는 '우암·나나 주식회사'의 발레니에르들을 이용할 것이다.

짐을 잘 배분하고 식량을 점검하기 위해 마르가 식량통을 모두 열어보았다. 브라자빌에서 가지고 온 10킬로그램짜리 밀가루 깡통 열두 개는 포장의 뾰족한 부분들에 서로 찔려 모두 구멍이 나 있었다. 흰색 깡통들은 밀봉이 잘 되어 있었음에도 바구미가 침투해 있었다. 습기 또한 부분적으로 내용물을 망쳐놓았다.[14]

....

14) 그런 식의 부주의와 태만만큼 신경질나게 하는 일은 없으리라. 전시의 경우, 다 얻은 승리를 위험에 빠뜨릴 수 있는 일이다. 만일 내가 사하라 사막을 횡단하면서 그런 일이 벌어졌다면 그 깡통들 앞에서 굶어죽을 수밖에 없었을 것이다.

2월 20일, 아침

우리는 세 척의 발레니에르로 은자메나를 떠난다. 귀환이다.* 이제부터는 매일 퀴베르빌**에 가까워질 것이다.

<hr />

* 차드에서 돌아올 때의 여행 기록이 곧 『차드 여행』이다.
** 지드 외가 소유의 토지와 저택이 있는 곳으로, 어린 시절 바캉스 때면 지드는 노르망디의 그곳으로 잘 놀러갔다. 외사촌 누이 마들렌 롱도(후에 그의 아내가 됨)를 만나 사랑에 빠진 곳도 그곳이었다.

앙드레 지드 André Gide, 1869~1951는 폴 지드와 쥘리에 트 롱도의 외아들로 태어났다. 11세에 아버지를 여읜 지드는 엄격한 종교적 계율을 강요한 어머니 밑에서 소년기를 보냈 다. 그는 주로 집 안에 갇혀 지내면서 냉담한 가정교사들과 어 머니에게 교육받았으며, 루앙에 있는 동안 사촌누이 마들렌 롱도를 깊이 사모하게 되었다. 10대 후반부터 문학에 대한 열 정을 보이기 시작했으며, 1891년 사촌누이에 대한 사랑과 청 년기의 불안에 관한 자전적 작품인 『앙드레 발테르의 수기』로 등단했다. 나중에 나온 대부분의 작품들처럼 이 작품도 1인칭 고백형식을 사용하고 있는데, 그는 이 형식에서 큰 성공을 거 두었다. 1893년의 아프리카 여행은 그의 인생에 결정적인 전 환점이 되었다. 이후 기성의 도덕과 종교의 구속을 거부하고 진정한 생명력을 찬양하는 소설들을 발표했으며, 창작 이외에 정치운동에도 활발하게 참여했다. 1896년초에는 27세의 나이 로 라로크 자치구의 시장이 되었는데, 프랑스에서 가장 젊은 시장이었다. 시장의 직무를 수행하면서도 『지상의 양식』을 완 성했다. 이 작품은 1897년에 출간되었는데, 당시에는 완전히 실패했으나 제1차 세계대전 후에는 그의 가장 인기 있고 영향 력 있는 작품 가운데 하나가 되었다. 자기 내면에 있는 것은 무엇이든지 서슴없이 표현하라는 이 작품의 호소가 전후세대 에게 즉각적인 반응을 불러일으켰던 것이다. 1909년 이후 『신 프랑스 평론』의 주간으로서 프랑스 문단에 새로운 기풍을 불 어넣었고, 1947년에는 노벨문학상을 받았다. 지은 책으로 『배 덕자』, 『좁은 문』, 『전원교향악』, 『지상의 양식』, 『사울』, 『교황청 의 지하실』, 『한 알의 밀이 죽지 않는다면』, 『도스토예프스키를 말하다』 등이 있다.

김중현은 프랑스 낭시 II 대학교에서 발자크 연구로 불문학 박사학위를 받았다. 현재 건국대학교 인문과학연구소 연구교 수로 재직중이다. 지은 책으로 『발자크-작가와 작품세계』, 『발자크 연구』, 『세기의 전설』, 『사드』 등이 있고, 옮긴 책으로 는 한길사에서 펴낸 『에밀』과 『고독한 산책자의 몽상』을 비롯 해 『향신료의 역사』, 『추리소설의 논리』, 『나폴레옹 어머니 레 티치아』 등이 있다.